U0575532

江户川乱步少年侦探系列

〔日〕江户川乱步 著

沈熹 译

黄金怪兽

人民文学出版社
PEOPLE'S LITERATURE PUBLISHING HOUSE

图书在版编目(CIP)数据

黄金怪兽/(日)江户川乱步著;沈熹译. —北京：
人民文学出版社,2018(2021.3 重印)
(江户川乱步少年侦探系列)
ISBN 978-7-02-013933-0

Ⅰ. ①黄… Ⅱ. ①江… ②沈… Ⅲ. ①儿童小说-侦
探小说-日本-现代 Ⅳ. ①I313.84

中国版本图书馆 CIP 数据核字(2018)第 042730 号

责任编辑　朱卫净　王皎娇
装帧设计　汪佳诗

出版发行　**人民文学出版社**
社　　址　**北京市朝内大街 166 号**
邮政编码　**100705**
网　　址　**http://www.rw-cn.com**

印　　刷　**山东德州新华印务有限责任公司**
经　　销　**全国新华书店等**

开　　本　**890 毫米×1240 毫米　1/32**
印　　张　**5.25**
字　　数　**65 千字**
版　　次　**2018 年 6 月北京第 1 版**
印　　次　**2021 年 3 月第 2 次印刷**

书　　号　**978-7-02-013933-0**
定　　价　**36.00 元**

如有印装质量问题,请与本社图书销售中心调换。电话:010 - 65233595

— 目 录 —

─另一位少年─

　　在东京银座拥有一家大珠宝店，人称宝石王的玉村珠宝店的老板——玉村银之助先生家住在涩谷区一条安静的街道上。

　　银之助的家里有太太和两个孩子。姐姐叫光子，读高中一年级，弟弟叫银一，读初中一年级。

　　有一次，在玉村银一的身上，发生了一件不可思议的事情。此事便是这个故事的开端。

　　那天晚上，银一和松井、吉田两个好朋友在涩谷的大东电影院看了场日本的恐怖电影。

　　那是大东电影公司东京摄制所拍摄的电影。电影里，不时地会出现东京的街道。

　　"看，涩谷站，有八公铜像。"

松井不假思索地脱口而出。那是个追逃的场面，逃跑的是坏人，追逐的是警察，镜头一直在捕捉着这个场景，移动到车站前的人行道时，画面里出现了八公的铜像。

"哎呀，玉村，有你呀。看，在八公的对面。咦，好奇怪的表情，是在笑吗？"

吉田发出了惊叫。周围的观众都朝向这边，说："嘘——"

玉村看着银幕上自己的样子，感到很奇怪。自己的脸正从八公铜像的后面朝这边张望着，露出怪笑。这张脸差不多有一米左右大。

这一镜头只出现了十秒钟左右，但毫无疑问是自己的脸。是什么时候被拍到的呢，玉村想着。

"好奇怪，我从来没在涩谷站看到过电影摄制组。"

无论怎么想，都想不起来。是不是在不知情的时候被拍到了呢？不可能，自己绝对不会没看见摄制组。

当天晚上，玉村回家以后，躺在床上也一直想着这事，无法入睡。

那个人会不会是和自己长得很像的少年，但是，真的不敢想象在某个地方有一个和自己长得那么像的人。

玉村不知为何开始担心起来，若是有一个和自己长得一模一样的人存在，这无疑是一件很恐怖的事情。

过了一周的某一天，玉村所担心的事情以一种令人不寒而栗的方式展现在了他的眼前。

玉村与松井都是少年侦探团的团员，少年侦探团的团长是明智侦探事务所的小林。玉村与松井关系特别好，俩人无论去哪儿都在一块儿。

一天，松井在放学后拉住打算离校的玉村，把他带到学校的角落里，松井靠着墙，说起令人摸不着头脑的话。

"玉村，我已经洞悉了一切——你有事瞒着我。"

"哪有啊，你怎么了？"

玉村疑惑地反问了他一句。

"你家应该很有钱才对吧，那么有钱为什么还要干小偷小摸的事？"

事态越发不明朗起来。

"你说什么？小偷小摸？"

"是啊，我都瞧见了。"

"你是说我吗？我偷了什么了？"

玉村震惊不已。

"就在八幡神社那儿，外面墙上有一块石头是可移动的，你在石块后面藏了许多空的钱包，对不对？"

"你在说什么啊？我一点也听不懂！你仔仔细细地给我把话说清楚。"

玉村听了如此一番不明不白的控诉生了气，不由得吐字铿锵起来。

"好，那我就从头说起。"

松井娓娓道出昨晚的所见所闻。

—偷盗少年—

昨天是八幡神的节日。

被茂密的森林围住的八幡神社离玉村家以及松井家都不远。

昨晚，松井独自一人信步于八幡神社中。

占地约五千平方米的八幡神社内，有两家支着帐篷的杂耍铺，还有玩具摊、小吃摊等，连成一长排，人流紧挨着小摊络绎不绝。其中一家杂耍铺向人们展示"熊女"，只需十日元即可参观。

所谓"熊女"，是一名二十岁左右的女性，肩头长着毛，就像熊和人类的孩子一样。

由于是比较罕见的杂耍铺，所以许多看客愿意掏出十元钱进去一探究竟。

入口在帐篷的右侧，出口在帐篷的左侧，松井张望着右进左出的人流，突然发现玉村银一也在其中。

"哎哟，玉村你怎么爱看这么无聊的东西。"

松井觉得诧异，打算嘲笑他一番，于是慢慢向他靠近。正巧，玉村也向他走来，两人就这么相逢了。他俩相隔二米，脸对脸站着。

奇怪的是，玉村明明见到了松井却装作不认识一般，也不打招呼，就这么走了过去。

"哈哈，这家伙也会不好意思，故意装作没看见我就这么跑开了。好嘞，那我偏要跟着你，看看你去哪儿。"

由于是少年侦探团的团员，松井深谙跟踪技巧，他隐匿着跟踪起玉村来。

谁料，玉村总也不离开八幡神社，一直在人群中走来走去。他好像是故意要往人多的地方钻似的。一旦出了这个人堆，玉村马上又扎进另一个人堆，他好像特别喜欢人山人海。

这一过程持续了约一小时，玉村仿佛终于厌倦了人群，走出八幡神社，走上外面漆黑的道路。

这一头，松井依旧在跟踪。

玉村沿着八幡神社外的石头墙走到一半的时候停了下来，开始东张西望起来，他好像特别介意被人看到似的，警戒很高的样子。

松井立即躲进电线杆后面，不让玉村看见。这条路上没有人，玉村似乎放下心来，在石头墙边蹲了下来。

随后，玉村握住一块墙上的石头，使劲往外拉。这块石头是非固定的。

玉村拿出石块后，将手伸进窟窿不知干了些什么，又将石块放回原处。之后，玉村重新站起来，沿着墙继续走了下去。

松井认定石块后面一定是藏了什么，于是放弃了跟踪行动，打算调查石块背后的秘密。

松井四下张望，确定周围没人后便来到石块附近，双手紧握使劲往外拉。石块很轻松就被拿开了。

拿开石块，松井将手伸入窟窿摸索了一番。

果然有！一个、两个、三个、四个、五个……全是钱包。打开一瞧，都是空的。

松井惊呆了，原来玉村在人山人海中偷盗了这么多钱包，而且将钱抽走，把空钱包藏在了这块石头后面。

一般说来，小偷偷了钱后会把空钱包随手一扔，能做到如此用心良苦，连钱包都藏起来的小偷一定是惯犯，简直可以称之为神偷。

哎，原来自己的好友玉村银一是一名神偷！这个事实太令人震惊了，松井不禁用手捂住嘴巴。

有钱人家的玉村竟然会为了这么点小钱去做小偷？真是难以置信，其中一定有什么原因。于是松井决定打开天窗问清楚玉村。

松井做好了思想准备，所以才会在校园一角盘问玉村。

─窗上的脸─

这事对于玉村而言，是丈二和尚摸不着头脑。

"松井，其实有一个和我长得一模一样的人呢。还记得电影里站在八公铜像旁的人吗？那人绝对不是我。还有，你所见到的偷盗少年，那人也绝不是我。他长得跟我很像，甚至连你都分不清。其实我很担心，虽然现在我和他没有任何关系，但如果他干了什么坏事想让我替他承担后果，那我可怎么办？"

玉村说完这话，陷入了沉思。

"不会吧……"

松井嘴上安抚着玉村，可自己心中明白，玉村的担心并不是杞人忧天。

聊了一会儿，两人告别各自回家。这时已经是放学后过了一个小时。

玉村回到家，没想到家中竟有一件可怕的事情在等待着他。

"我回来了。"刚走进玄关，只见姐姐光子正巧站在门口。

"咦，你怎么又回来了？"

"什么叫'又'？"

"你不是已经放学回来，还在房间里吃过点心了？是我把咖啡和点心拿进你房间，你边吃边喊着好吃。对了，你什么时候出去的？竟然背着书包又回来一趟，你怎么了？"

听到这里，银一脑袋里嗡的一声。

"姐姐，你不会是在骗我吧？"

银一一脸认真地瞪着姐姐。

"哇，好吓人。干吗一副可怕的表情？我才不会骗你呢，你刚刚确实回来过了。"

银一没有回答，脱了鞋，慌张地回了自己

房间。

银一打开门，冲进去一看，果然桌子上摆着点心和咖啡杯。

"那家伙来过了。而且他知道我回来了，所以急匆匆地从窗口逃走了。"

之所以说他是从窗口逃走的，是因为窗户是打开着的。银一赶忙向窗外望去，只见地上留下了几个很大的脚印。

再看了下房间，书柜上的书的排列顺序不一样了，那家伙动过书。再打开书桌的抽屉一看，无论哪个抽屉，都好像被他翻过，乱七八糟的。

一个长得和自己一样的家伙回到家，吃了点心，还翻遍了书柜和抽屉，无论怎么说，这都令银一很难受。

银一马上跑到厨房，把这件事告诉了妈妈。因为事情太奇怪了，妈妈也不知道该怎么办，只说等爸爸晚上回家以后再商量吧。

过了一会儿，银一回房间看书去了。已至傍

晚，院子里开始昏暗了起来。咦——那是什么？

余光中，有什么东西一闪而过，窗户外面好像有什么东西在动。银一抬头朝那个方向看去，刚才关掉的窗户玻璃上，映出了自己的脸。

但是，总觉得角度很奇怪。在那个地方能映出自己的脸吗？哦，不会是？银一一下子站了起来，走到窗户边。

果然如此，并不是玻璃上映出来的，而是玻璃的另一面有一张自己的脸。确切地说，并不是自己的脸，而是一个和自己长得一模一样的家伙，正在窗外看着自己。

差不多有十秒钟左右，隔着玻璃，两张几乎一模一样的脸一动不动地互相注视着对方。这真是无法形容的奇怪景象。

一尼古拉博士一

　　互相盯了十秒钟以后，窗户外面的那张脸突然离开了玻璃，向院子里的树林逃走了。

　　银一作为少年侦探团的一员，这个时候表现得非常勇敢。他甚至来不及告诉家里人，就立马打开窗户，光着脚追了出去。

　　那个家伙好像翻过了后墙，逃到外面的马路上去了。银一也跟在后面，跃上了墙。

　　只见二十米左右的前方，那个家伙正在急匆匆地走着，从背影看，和银一穿的是几乎相同的衣服。

　　银一悄悄地翻下了墙，开始跟踪起来。天已经很暗了，不用担心会被对方察觉。

尽管如此，这真是一次不可思议的跟踪。两个几乎长得一样，穿一样衣服的少年，相隔二三十米，笃笃地疾步走着。

　　从一条空旷的街道到另一条空旷的街道，走着走着，不知不觉中，来到了那个八幡神社的石头墙这里。

　　那个少年越过了石头墙，走入八幡神社的林子里去了。因为昨天晚上节日已经结束了，林子中一片漆黑，一个人都没有。

　　银一悄悄跟在后面，也走进了八幡神社。因为太黑了，根本看不清楚什么是什么。那个少年到底去了哪里，怎么找也找不到了。

　　前面有个东西忽然"啪"地一下亮了起来，是八幡神社神殿前面幽暗的常夜灯点亮了。

　　好像是神殿屋檐下的地方，有一个奇怪的人正坐着，是一个穿着华丽条纹西服的老人。

　　这个老人一头白发乱蓬蓬的，长长的白胡子垂到了胸前。他戴着一副大眼镜，在常夜灯的照射下反射着光。

坐在一片漆黑的神殿里，真是个奇怪的老人。银一感到不舒服，有点想走了，但又不甘心就此离开。于是银一鼓起勇气，朝那边走去。

"爷爷，有一个和我穿一样的衣服，长得一样的孩子，有没有来过这里？"

银一试着和他说话。这个老人依旧坐着，身体一动不动，微微一笑。

"嗯，厉害厉害，你还真是很有勇气啊。和你长得一样的孩子，他是你的分身呀。"

"什么是分身？"

"你已经变成了两个人——一个人分成了两个人。"

"为什么会有这种事情？"

"因为是我干的呀，哈哈。"

老人笑得令人毛骨悚然。果然是个奇怪的家伙。

"爷爷你叫什么名字？"

“我叫尼古拉博士。”

“尼古拉博士？那你不是日本人啰？”

“我生于十九世纪中期的德国，但我不是德国人，我是世界人。英国、法国、俄罗斯、中国、美国，这些地方我都待过。并且在我待过的地方，我都会创造出一些奇迹。我是大魔术师，我是超人。没有我做不到的事，因为我有神力。凭我一个人的力量，就可以彻底改变这个世界。这就是神力，呵呵。”

老人这样说着，发出了似乎是从地底传来一般阴沉的笑声。

—地底的牢狱—

"十九世纪中期的话，那是一八五〇年前后啰？"

银一惊讶地问道。

"是啊，我生于一八四八年。"

银一掰了掰手指头算了一算，然后吓得大声叫了出来。

"那么，爷爷你已经一百一十四岁了啊！"

"呵呵，没什么好惊讶的，我还能活个一两百岁呢。我不是你们这种普通的人类，我是超人，我是魔法师。

"那么，银一同学，我现在带你去个有意思的地方。到了那里，你就会知道为什么会有一个和你长得一模一样的少年出现了。跟我一起来吧。"

怪老头尼古拉博士清楚地知道银一的名字，那么他是不是正在对玉村家预谋着什么不可告人的事情呢？

尼古拉博士从神殿的走廊上走了下来，拉住了银一的手，带着他向神社后面走去。

走出林子后，出现了一条安静且宽阔的道路，那里停着一辆漂亮的汽车。

银一不知道坐上这辆车之后会被带去哪里，感到有些害怕。

"我要回家了。"

说完，他一下子挣脱了被握住的手，转身就想逃。

"喂，那样可不行，你已经是我的俘虏了。"

白胡子尼古拉博士麻利地抓住了银一，硬把他往汽车里塞。

这是一场一百一十四岁的老人和十三岁孩子之间的奇怪较量。正常想来，年龄超过了一百岁的老人是必输无疑的。但是超人尼古拉博士有着不可思议的力量，让银一毫无胜算。

尼古拉博士紧紧抱住银一，让他完全无法动弹，然后从口袋中掏出了一个大手绢，团了一团，塞到了银一的口中。

银一已经没法发出声音了，他就这样被塞进了汽车里。这个时候，手握方向盘一直在待命的司机马上发动了汽车。

差不多开了二十分钟的样子，在一条安静的街道上，车子停在了一座被石墙围绕的西洋楼前。

尼古拉博士拉着银一的手，从大门走了进去。他的手简直就像是铁一样硬，根本没办法逃脱。

走进西洋楼以后，通过一条宽阔的走廊，走下一条通向地下室的台阶。

地下室是一个三十平方米左右的储藏室。破旧的椅子、桌子，以及各种木头箱子之类的东西乱七八糟地堆在一起。

"这里就是个放东西的地方，地下室看起来不怎么样吧，但是里面有一个密室。你绝对想不到，地下室的里面还有一个地下室，就算是搜遍整个房子也找不到这里。看，这就是密室的门。"

尼古拉博士一边说着，一边按下了水泥墙上的隐蔽按钮。于是，眼前的墙壁悄无声息地朝前面打开了。里面有一个四四方方的洞穴。

钻过洞穴，通过了一条长廊，两旁排列着一个个带着铁栅栏的房间，像动物园里的铁笼子一样。

尼古拉博士从银一的嘴巴里把手帕团取了出来，然后打开其中一个牢笼的门，将银一推了进去关上门，然后又把门锁上了。

"就在这里好好待着吧。这里有床，也有马桶。一日三餐的话，我会尽力准备好吃的给你。好了，我还会再来的。"

尼古拉博士留下了这么一句话后就转身不见了。

这真是个地底的牢狱。银一深感绝望。什么时候才能从这里出去呢？该不会是一辈子都出不去了吧。

"喂！喂！"

不知从哪里传来了人声，好像是走廊对面的笼子。

银一抓着笼子的铁栏杆，朝那个方向看去。但走廊的天花板上只有一盏光线微弱的吊灯，对面的笼子里面几乎什么都看不到，只看到里面好像有什么东西在动。

银一目不转睛地注视着，眼睛渐渐地适应了周围的黑暗，对面终于清晰起来，那里有一个看上去比银一大两三岁的少年。

"喂！你看见我了吗？你也遇到了和我一样的事啊。你的替身进入了你家，而你的真身却被关在了这里。"

"是啊，你也是这样子吗？"

"对，现在我的替身就在我家，连我的父母都没有发现他是替身，跟我像得不得了。尼古拉博士是个奇才，不管人的脸长成什么样，他都有办法改变。他既能造出一个和我一模一样的人，也能把我变成其他人的样子。对了，你为什么会在这里？你家是干什么的？"

"我叫玉村银一，我父亲是玉村珠宝店的老板。"

"哦，原来是那家有名的珠宝店啊。我叫白井保，我家开的是白井美术馆。"

"我知道，那是家挺大的美术馆，有佛像之类的东西。"

"是的，你知道吗，其实尼古拉博士看中的是宝石和美术品。他首先做出我们的替身，把我们给关起来，接下来他会做什么我一清二楚。真是可怕呀，要是不快点通知警察的话，就要出大事了。"

白井保紧紧地抓住铁栏杆，急得直跺脚。

一乞丐女孩一

　　两天后的下午，父亲银之助来到银座的店里，母亲去麴町的亲戚家了。高中一年级的光子、银一和书生女佣一起留在家里。

　　光子和银一在光子的房间里吃过点心。

　　"姐姐，我要回自己房间去做作业了。"

　　银一说完就出去了。是不是觉得有些奇怪？银一是从地底的监狱里逃出来了吗？不可能这么容易就能逃出来的。

　　莫非现在在家里的银一是假冒的？由于长得一模一样，爸爸妈妈和姐姐全都被骗了，他们都认定眼前的这个就是银一。

　　银一一离开房间，光子就坐在桌前的椅子上，朝着窗外的院子望去。

不料，院子的树丛里出现了一个身影。

是个女乞丐，看上去和光子一般大，十六岁的样子。头发杂乱地遮住额头，衣服破破烂烂的，仿佛肩膀上和腰上都垂着许多绳子。而且她没有穿袜子，也没有穿鞋子，赤着脏兮兮的脚。

这个乞丐女孩一直盯着光子看，并且不断地朝光子靠近过来。

要是一般人家的孩子看见这种情况，肯定就躲起来了吧。但是光子并没有，光子是个非常有同情心的人，每当看到世上的可怜人，都必定会出手相助。

有一次，光子见到一位坐在路边的乞丐老婆婆，便把自己刚买的外套给了她，自己急忙跑回了家。

还有一次，光子领了一个小乞丐回家，并且拜托妈妈让小乞丐一直住在自己家里。

光子就是这样一位脱俗且极具爱心的大小姐。

所以当她看到院子里的这个乞丐姑娘之后并没有逃走，而是想着该对她说一些什么鼓励的话。

　　乞丐姑娘终于走到了窗边，她停下脚步，一边注视着光子，一边用动听到令人感到意外的声音说："大小姐，你为什么不逃走，难道我不吓人吗？"

　　光子听了之后，明白她是一个乖僻的人，所以才会问这种讽刺的问题。光子觉得她很可怜，所以尽可能用温柔的声音问："你是从哪里进来的？"

　　"是从门口进来的，因为我没有睡觉的地方。昨晚我是在庭院一角的储藏室里睡的。"

　　乞丐姑娘的措辞并不粗鲁，光子心想，她并不是一生下来就是乞丐吧。

　　"你肚子是不是饿了？你的爸爸妈妈呢？"

　　"我是孤儿，正如你所料，我的肚子正咕咕叫呢。"

　　"被人看到的话不太好，你从这扇窗户爬进来吧。我马上去给你找点吃的过来。"

　　"没人会进你的房间吗？"

"没事，现在家里只有我和弟弟，以及书生、女佣，没人会来这个房间。"

乞丐女孩听了之后，便从窗户爬进了房间。光子让她坐在椅子上，自己出了房间。没过多久，她拿了糖罐、牛奶和杯子回来了，并把东西都放在了乞丐女孩面前的桌子上。

"好了，快吃吧。"光子说。

乞丐女孩看起来是真的饿了，她猛抓了一把糖，塞满了一嘴，同时把遮住额头的头发撩了上去。乞丐女孩的脸第一次清楚地露了出来。

啊，长得真漂亮！与一身脏兮兮的衣服截然不同的是，她的脸上一点都不脏。白白的脸颊、漂亮的眼睛、红红的嘴唇。

"啊！你……"

光子叫了出来，想也没想就站了起来，想逃出房间。

光子着实被吓到了。不是被乞丐女孩漂亮的容颜给吓到，而是更加恐怖的事情。

而此时，乞丐女孩微笑着说：

"真开心，大小姐你也看出来了呀，我真的太开心了。我这么个要饭的孩子，竟然会和大户人家的小姐长得一模一样。"

真的是一模一样。一边是梳得干干净净的头发和漂亮的衣服，一边是乱糟糟的头发和破破烂烂的衣服。但除了这些不一样的地方，两个人从身高、身材到脸型都惊人的相似，简直就像是双胞胎。

"我很早以前就知道我和大小姐你长得非常像，就像是双胞胎一样。我这辈子的愿望就是能和大小姐说上一句话。现在这个愿望实现了，真的是没有比这更开心的事情了。"

乞丐女孩眼泪汪汪的。

"好吧，是会有这种不可思议的事情吧。"

听了此话，唤醒了光子博大的同情心，她叹着气说道。

一眨眼，这两个女孩就亲得跟姐妹似的了。

你一言我一语，乞丐女孩渐渐道出了自己可怜的身世。光子流着泪听着她的故事，光子越发感觉到她们俩不仅是长得像，就连气质都几乎一模一样。

令人伤感的故事讲完了，话题变得轻快起来，她们开始笑着聊天。光子突然提议道：

"我有一个点子——我想到了一个非常有趣的游戏。"

"大小姐和我玩？我们玩什么呢？"

乞丐女孩吃了一惊，反问道。

"我呢，小时候读过一本书，叫《乞丐王子》。所以我突发奇想，如果我变成你，你变成我……明白吗？也就是说，我们俩换装，我穿你的衣服你穿我的衣服，发型也互相模仿，反正我们长得一模一样，我们就变成彼此吧。"

这一想法其实产生于光子的同情心，光子想让可怜的乞丐女孩享受一会儿珠宝大亨女儿的生活。

"我和大小姐交换身份？哇，太棒了，我可以穿那件漂亮的衣服了！"

乞丐女孩已经忘乎所以。

光子将盥洗盆里放满水，拿来了擦脸和擦脚的毛巾，先为乞丐女孩擦干净脸和手，然后再擦脚。接着光子为她梳理头发，并让她穿上了自己的衣服。

原本脏兮兮的乞丐女孩，摇身一变成为了美丽的大家闺秀。

光子把乞丐女孩领到梳妆镜前。

"怎么样，是不是和刚才的我一模一样？"

"哇，这真的是我吗？难以置信！"

乞丐女孩边说边用力掐自己的脸。

现在轮到光子了。光子穿上破破烂烂的衣服，拨乱头发，也照了照镜子。

"哎呀，哪有这么美的乞丐呀，要不要给你脸上涂点墨汁？涂了墨汁才像乞丐嘛。"

乞丐女孩来劲了，提出建议。光子反而觉得更有意思了，她想起学校里的假面舞会，便让乞丐女孩给自己抹了一脸的墨汁。

一 换 装 —

"来这里，我们一起照照镜子吧。"

乞丐打扮的光子拉着穿着光子衣服的乞丐女孩来到镜子前面。

"你果然和我一模一样，我现在也和你一模一样，谁也分不清我们谁是谁了。"

"我好高兴，能变成这么美丽的大小姐……但是不行，要是被别人看见就惨了，我们快把衣服换回来吧。"

"别呀，没关系，我就是想让大家吓一跳。你胆子再大一点，去找书生和女佣说说话吧，你可以让他们送点红茶过来。对了，你要是没被识破，我就给你些奖励吧——比如说零花钱之类的。"

这场闹剧的策划者光子，高兴得不得了。

"但是我有点害怕，一定会被发现的。"

和光子长得一模一样的乞丐女孩总也下不了决心。

"怎么可能会被发现，你看镜子，我们长得简直一模一样。没关系的，快去吧！"

光子把乞丐女孩拉到门边，然后一下子把她推了出去。假光子走投无路了，只好沿着走廊走出去。

转过第一个弯的时候，书生正好走过来，乞丐女孩会不会因惊吓而逃跑呢？

不，其实发生了一件非常诡异的事情——这件事是光子无论如何也想象不到的。乞丐女孩突然跑到书生身边，大声喊道：

"快来人！不得了了，有一个乞丐闯进我的房间！快，帮我赶走她！"

摇身一变成为光子的乞丐女孩突然说起了疯话？

书生丝毫没有怀疑，完全相信了她。

"什么？乞丐？在大小姐的房间里？真胡来！您稍等，我马上去把她赶走！"

书生马上向光子的房间跑去，只见一个脏兮兮的乞丐正坐在镜子前面，边看自己的脸边嘿嘿傻笑着。

"喂！你是怎么进来的？快出去！动作快，不然我就报警了！"

即使对她吼，她也显得很平静。

"咦，你为什么这么生气呀？我只是开了个小玩笑而已，没必要这么生气吧？"

书生理解错光子的意思了。

"可恶！什么叫小玩笑？你怎么可以闯进别人的家里？快出去，不然我就动粗了！"

书生抓住乞丐（其实是光子）的手臂，把她拖到窗边，然后狠狠地推出了窗外。

光子摔倒在地，全身泥泞。

"青木！你在干吗？你以为我是谁？"

光子好不容易站了起来，用尽全身的力气怒斥望着窗外的书生。书生名叫青木。

"别瞎说话，我只是把你当一个乞丐！快走，不然我可不客气了！"

书生一副马上就要跳出窗外的样子。

光子想，光骂书生也无济于事，还是把事情的来龙去脉告诉他吧。

"青木，这事确实容易让人误会，但我其实是光子，我只是和院子里的乞丐姑娘互换了衣服而已。"

听了这话，书生大笑起来。

"哈哈哈哈哈哈哈哈，你在瞎说什么啊！正好，光子小姐来了。光子小姐，她说和您互换了衣服哦！"

随后，窗口出现了两张脸——假光子以及弟弟银一。

"你在这里就好了，快帮帮我。你告诉他，其实是我们互换了衣服。"

听完这话，假扮成光子的乞丐女孩故意瞪圆双眼，表现出一副吃惊的样子。

"太可怕了，她怎么会想出这种借口？谁会相信这种无稽之谈？青木，快把这个乞丐赶出去。"

穿着乞丐衣服的光子惊讶不已。

"你在说什么？你才是可怕的人呢！银一，你认得出我吧？我是姐姐光子呀！"

光子将脸转向弟弟银一，使劲朝窗玻璃边靠近，可是银一却根本不理会。

"光子姐姐在这里，我姐姐才没那么脏呢，你快点走，离开这里！"

最后一根救命稻草也从手边溜走。

哎，自己做了件多么愚蠢的事情啊。要是没有一时兴起换什么衣服，也就不会沦落到这等惨境了。光子很后悔，但世上哪有后悔药。

书生从走廊绕到院子里，摆着一张臭脸。

"快，离开这里，回你的乞丐窝去！"

说完书生揪着光子的衣领，把她拽到了门边上。

父亲在银座的店里，母亲去麴町的亲戚家了，没有人能帮助自己。

弟弟银一为什么没能认出自己呢？光子觉得非常奇怪。

不过，各位看官想必已经了然于心。因为他不是银一，而是和银一长得一模一样的人。真正的银一已被白胡子尼古拉博士抓去了地下室。

哎，这可怎么办呀。怪人尼古拉博士到底在谋划着什么？他先是把银一换成了假冒的，再把光子也换了。这个可怕的计划好像正一点点走向成功。

"好了，快走吧！"

书生打开大铁门，把光子推出门外，然后锁上门就回屋了。

—假人绅士—

　　光子被书生推出门外的时候摔伤了膝盖，疼得动不了，她小声抽泣了起来。

　　"哎，要是没玩什么乞丐王子的游戏就好了。就因为对小说情节记忆犹新，害我落得这个下场，这下可怎么办才好……"

　　正当光子垂头丧气、不停重复抱怨的时候，突然发觉有什么东西在戳自己屁股。

　　光子吃了一惊，抬起头才发现自己已经被六个孩子给围住了。

　　原来是附近的淘气鬼发现乞丐摔倒在地，所以都聚了过来。其中一个小鬼拿着一根棒子，正戳着光子的屁股。

光子瞪了小鬼一眼，站了起来。这群小鬼见状大叫一声，跑到别处去了。

"我不能再坐在这里了，淘气鬼还会再来捣乱的。"

光子忍着膝盖的疼痛，开始一步一步往前走去。

"喂——喂——小老太婆，你去哪儿呀？"

淘气鬼跟着光子。

若是光子回头狠狠瞪他们一眼，他们会跑开一阵子，但马上又会跟上来，继续挖苦光子。

光子真想大哭一场，不过她咬紧牙关忍住了。她开始越走越快。

转过几个街角，走了四百来米，淘气鬼终于不再跟着光子了。

光子舒了口气，走向公交车站，她打算去父亲银座的店里，把一切都告诉父亲，请他帮助自己，除此之外别无他法。可是光子才发现，自己一分钱都没带。若是步行去银座，未免太累了，该怎么办才好呢，她想不出什么好办法。

光子完全没有发现，正有人在跟踪她，不是刚才那帮淘气鬼，而是一个可疑的男人。他里面穿着灰色的西装，外面是灰色的风衣，戴了一顶灰色的鸭舌帽。男人没蓄胡子，脸上很干净，戴着一副圆圆的眼镜，整张脸总之很奇怪。他气色不错，皮肤毫无皱纹、吹弹可破，好像服装店的假人模特，他是一个假人般的绅士。

　　光子正为没钱坐不了公交车而发愁，假人绅士悄悄地靠近光子，轻声丢下一枚钱币后立即离开，走进了对面的转角处。

　　本以为假人绅士已经离开了此地，其实他只是躲在转角处，露出半个头，悄悄地观察着光子。

　　光子思考了半晌，觉得只能靠步行了，于是垂头丧气地迈开脚步——走了没几步便看见地上那一枚假人绅士丢下的钱币。光子捡起来，原来是一枚一百元面值的硬币。光子心想，有这一百元便能坐公交车了，虽然不知道是谁掉的，但自己先借来一用吧。光子马上回到车站，坐上了开往银座的公交车。

　　幸好，车上站着的人挺多的，光子站在角落里，大部分乘客没注意到她那副脏兮兮的样子，但周围的人还是注意到了她，售票员也皱起眉头打量这个乞丐女孩。

　　光子害羞极了，她根本没有注意到，刚才的假人绅士也在这辆车上。

　　假人绅士在光子的后面上了车，尽量远离光子，装作毫不知情似的将视线投向别处，拉着吊环。他时不时地看几眼光子，但光子直到下车都没发现他。

　　一下车，光子就赶往玉村珠宝店，假人绅士当然也在银座下了车，继续跟踪光子。银座人山人海，他根本不担心会被光子发现。

　　光子穿过玉村珠宝店璀璨夺目的展览柜台，进入店里。

　　"喂喂，你可不能到这里来，想讨饭的话，到后门去！"

年轻的店员对着光子大声斥骂。

这位店员是光子熟识的，可是店员却认不出光子。

"喂，是我呀，发生了一些事情，所以我才这副打扮。我是玉村光子，爸爸在店里吗？让我进去吧。"

店员吃了一惊，仔细地打量着满脸墨汁的光子。

"你说什么？你是光子小姐？不可能，小姐怎么会穿这种破破烂烂的衣服，别开玩笑了，快走快走。"

"我不走，我一定要见到爸爸。你别拦我，让我进去。"

"不行，就是不行！你疯了吧，快走，再不走我揍你了！"

或许是听到了店堂里的吵闹声，一扇玻璃门开了，银之助走了出来。

"别理她，把她赶出去！她是个骗子，觉得自己和光子长得像，就冒充光子来骗我，快把她赶走!"

哎，连父亲都不相信自己，光子抑制不住眼泪了。

"爸爸，我会说清楚来龙去脉的，请你一定要听完。虽然我现在穿成这样，但我真的是光子呀!"

光子豁出去了，可不管她怎么死缠烂打，银之助都不搭理她。

"我已经知道来龙去脉了，是听我女儿光子亲口说的。光子，你过来一趟。"

由乞丐女孩假扮的光子便从银之助后面探出了自己美丽的脸。

这是何等的智慧啊! 假光子知道真光子一定会来向父亲求助，便乘坐私家车先一步赶来。并且假光子一直待在父亲身边，这样不论真光子什么时候来都可以把握全局。

话说回来，能让银之助也毫不质疑，说明真假光子长得一模一样。为什么世间会有如此相像的两人? 是不是光子在做噩梦? 不，其中一定有什么原因，一定有什么稀奇古怪的秘密。

目前的光子无法深入思考，她的心头悔恨交织，已经气昏了头脑。

"不是的，她才是假冒的！我们交换了衣服，她穿的是我的衣服！我才是真的光子！"

银之助用惊恐的眼神看着面前这个跟疯子似的又哭又闹的乞丐女孩。

"我知道，我知道你想说什么。喂，快来人把她赶走。"

已经无计可施了，穿着乞丐服装的光子被好几个店员架着抬了出去。

一开始光子还蹲在店门前不肯走，过了一会儿终于死心离开了。

不料，刚才的假人绅士不知从哪儿冒了出来，喊住了光子。

"光子小姐——我知道你才是真正的光子小姐，我一定会帮你找证据的。但是现在不行，请先来我家坐坐吧，然后我们想个方法重新出击。好了，来吧。"

假人绅士在光子耳边低语道。

"你是谁?"

光子吓了一跳。

"我是很了解你的一个人，请放心随我来吧。"

说完假人绅士便迈开了步伐，光子就像被一根无形的绳子给拴住了，不自觉地跟着假人绅士走起来。

—小林少年—

　　银一的那次，现身的是白胡子老爷爷，光子这次，现身的是假人绅士。他们都被带往一个神秘的家里，然后被关进地下室。

　　由于玉村家既有假光子又有假银一，所以谁也没注意到这可怕的变化。而且假光子和假银一都演得很好，不会露出一丝破绽。

　　但是，有一名少年起了疑心——他怀疑银一是别人所扮。

　　那个人就是前几天看见银一小偷小摸的松井少年，他和银一是同学。

　　松井知道，有一名和银一长得一模一样的少年，只要一想到这个人若是和银一交换了身份，松井就感到害怕。

某一天课间休息的时候，松井和玉村银一并肩在学校操场上散步。

"喂玉村，你真的是玉村本人吗？"

松井突然问道。

"你瞎说什么呢，我就是玉村，你怎么了？"

银一好像有些生气了。

"对了，你带没带少年侦探团的徽章？"

"今天没带，在家里。"

松井与玉村都是少年侦探团的团员，团员必须随身携带二十个以上的 BD 徽章，这是规定。要是被坏蛋给劫持了，只需沿路丢下几枚，便可告知自己的方位。难道玉村不知道这个规定？

"那么，七件宝呢？"

"什么？七件宝？"

所谓的少年侦探团七件宝，分别是 BD 徽章、钢笔形手电筒、口哨、放大镜、小型望远镜、磁铁、笔记本和铅笔。

"你也没带吧?"

"对，今天没带。"

"那么你说说看，七件宝分别是什么。"

玉村并没有马上作答，而是思考了一阵子，终于吞吞吐吐地回答道：

"BD 徽章、手电筒……玩具手枪……折叠刀……还有……"

玉村答不上来，因为他根本不知道七件宝。松井接着提问：

"除了七件宝之外，只有团长和我们这些中学生才有的工具是什么?"

玉村拼命思考，可怎么也答不上来，他根本不知道。

"是绳梯!"

松井公布了答案，玉村一副才想起来的样子：

"是的是的，是绳梯! 两根绳子中间串着许多木块，可以用它攀爬。"

"才不是呢! 是用黑色的线编成的绳梯，不是两根绳子，是一根。绳子上每隔三十厘米，就有一根踏脚绳。"

"哎呀，是的，我刚才一时忘了，是黑色的线啊。"

玉村想糊弄过去，可松井已经清楚知道这个玉村什么都不知情。

松井已经认定眼前这个家伙是假玉村了，但他不动声色，等放学了才前往明智侦探事务所找小林团长。

明智先生有事去了北海道，小林少年与助手真由美两个人看家。

小林少年是少年侦探团的团长，他马上让松井进入会客室，仔细聆听案情。

松井从节日那天见到一个和玉村长得一模一样的人开始讲起，直到今天在学校里发生的种种。

"所以我想，玉村是不是已经被掉了包。虽然我不敢想象世间竟有如此相像的两人，但这是事实，因为我亲眼见到假玉村偷了别人的钱包。"

"竟然有这种事，他们不是双胞胎，却长得一模一样？这事确实很难相信啊。"

就连小林少年也是第一次听闻这种事。

"所以我才觉得奇怪呀，但他们确实长得跟双胞胎似的，而且假玉村好像一直在我们周围伺机。他一定是假的，他既没有徽章，也不知道七件宝，这就是铁证。"

"他一定是有所企图。"

"玉村的父亲是珠宝王，可能是为了夺取珠宝吧？我们要不要告诉玉村的父亲呢？"

"要是明智先生在就好了，他一周之内都不会回来呢。可你说的情况我们也不能不管，我去见见玉村的父亲，好好和他谈一下吧。"

"我也是这么想的，现在玉村银一真人一定是遇上什么事了，也许很危险呢。"

"那我马上就打电话，和玉村先生约一个时间吧。他现在应该在银座的店里吧？我去店里见他吧，家里还有个假银一碍事。"

小林少年马上给玉村珠宝店打去电话，玉村银之助正好在店里，他接起了这通电话。

　　银之助知道小林少年，因为小林是大侦探明智小五郎的助手，立过不少功，还经常上报纸，算是鼎鼎有名的人物。加上儿子银一是少年侦探团的团员，所以父亲银之助没把小林少年当外人。

　　"我们家银一一直受你关照啊。"

　　银之助在电话里如此说道。

　　"关于银一，我有些急事想跟您谈，如果您方便的话，我现在马上过去找您。"

　　于是银之助马上答应下来，承诺会在店里等小林。

　　过了三十分钟，银座玉村珠宝店的社长办公室里，玉村银之助、小林少年、松井少年围桌而坐。

　　一开始，银之助根本就不相信小林和松井所说的那些事，可是小林把怀疑的理由说出来之后，银之助开始认真思考了起来。

　　随后，银之助像是自言自语般说道：

"这么说来，那个乞丐姑娘说不定才是真的光子……"

"什么？乞丐姑娘？"

小林吃了一惊。

"两三天之前，有一个乞丐姑娘来到了店里，她说自己才是真的光子，在我旁边的那个是假冒的。对了，光子是银一的姐姐。她说，自己跟一个乞丐玩了交换衣服的游戏。当时我才不信这种鬼话呢，所以就把她给赶走了，但是现在回想起来，那个乞丐姑娘和光子长得一模一样……要是说银一是假冒的，那么光子也有可能假冒的。可是，怎么会发生这种事情……太可怕了。这一连串事件的背后，一定有什么阴谋。对了，怎么会有如此相像之人呢？小林少年，你是怎么想的？"

"我不知道，说不定是有人施展了什么魔法。这些事件的背后，一定有一个大坏蛋在捣鬼。其实我想靠自己解决这起事件，明智先生出差了，很可惜，但是我会尽自己的全力试试看的。"

"我正想如此请求你呢，太好了。我会好好观察光子和银一的，你也从外部观察一下。如果他们真是假冒的，那么一定会和接头人联络的。"

他们商定完一些细节后，小林与松井向玉村银之助告别，回各自家里去了。

―黄 金 虎―

那天开始，小林便装扮成脏兮兮的乞丐躲在涩谷区玉村家附近监视。

第一晚，什么事也没有发生，可到了第二晚，发生了一件可怕的事情。

这是一个没有月亮的漆黑的夜晚，时钟已指向八点。

玉村家后面有一面水泥围墙，有人扔了一块草席在那儿。不远处的路灯发着微弱的光。

只见那块草席悄悄地动了起来，仔细一看，原来草席下面有个人。可能是个乞丐盖着草席在睡觉吧？那一带是寂静的街区，没有一点儿声音，周边一片死寂。

过了一会儿，从街道那头过来了一个漆黑的大家伙。

原来是关了大灯的汽车。

可疑的汽车停在了乞丐睡觉的草席附近。

车门静静地打开，跳出来一只巨大的怪物——它闪着金光，是一只四脚着地的猛兽。是老虎，黄金虎！

在东京市区竟然出现了老虎？而且它还是坐着汽车来的。

闪着金光的老虎走了几步，突然低下脑袋，仿佛像发现了猎物似的，突然一个飞跃，跳上了水泥围墙。它在狭窄的水泥围墙上就跟走钢丝似的，不断向前。

这时，藏在草席下面的人正目不转睛地看着黄金虎。

在水泥围墙上走了十来米后，黄金虎跳入玉村家的庭院里。

地上的草席突然掀了开来，躺在底下的人——

是个少年，穿着破破烂烂的乞丐服。

少年开始打量停在一旁的汽车，突然哇地喊出了声。

车上一个人也没有，既没有司机也没有乘客。难道说，那只黄金虎是自己开车来的吗？这世上会有如此聪慧的猛兽吗？

乞丐少年确认了车上没人后，试着打开后备厢。

没想到后备厢没上锁，轻而易举地就打开了。后备厢里没放行李，空荡荡的，于是乞丐少年便钻入其中，再将门关上，打算跟踪这辆车。

黄金虎是不是马上就会回来？它会开着车去哪儿呢？乞丐少年打算找到黄金虎的巢穴。

等了十来分钟，什么事也没发生，一点儿声音也没有，一点儿动静也没有。

终于，黄金虎从水泥围墙那一头探出脑袋，张望着外面。一张老虎的脸，瞪着大眼珠子，一直注视着围墙外头。

不久，它再次站上水泥围墙，走到汽车附近跳下，然后钻进了驾驶席。

这只猛兽果然会开车啊。

汽车越开越偏僻，越开越远。

过了二十多分钟，车子驶入一座西洋建筑的大门，停了下来。

黄金虎下了车，爬到门前，突然用两条后腿直立，就像人类一样打开房门，走了进去。

乞丐少年将后备厢门打开一条缝，观察外面的情况。当看到黄金虎走进房门后，便完全打开门，从后备厢溜了出来。

少年走到房门附近，把耳朵贴在门上仔细听里面的动静。

过了一会儿，他打开房门，只见里面开着一盏昏暗的灯，把周围照得模模糊糊的。

从玄关走到走廊，一个人也没有，当然也没有老虎的身影。

乞丐少年非常大胆地悄声继续前行。

走了二十多米，只见前方有一个闪着金光的

东西——是黄金虎的背部。它果然还是用双脚站立着。

"哇哈哈哈哈哈哈哈……"

谁在发出可怕的笑声?

乞丐少年吓了一跳,停住了脚步。

看来,是老虎在笑。

"哇哈哈哈哈哈哈哈哈哈……"

突然,老虎扭头望向身后。闪着寒光的双眼眯成一条线,嘴角向上扬,阴森森地笑着。

"喂,小林,虽然你化装成乞丐,但其实你是明智侦探的助手小林吧?你果然上了我的当,我料定你一定会跟踪我,果不其然哪。"

老虎竟然开口说人话?

乞丐少年是小林没错,小林这次完全上了敌人的当了。

这可不行,小林第一反应就是赶紧跑。

"你想跑啊?那可不行,哈哈哈哈哈哈……"

黄金虎发出令人毛骨悚然的笑声。

伴随着笑声，突然一声巨响，有一个大铁栅栏掉在了小林的身后，栅栏顶着走廊两头。

小林没办法，只好向前跑，只听又是一声巨响，有一个大铁栅栏掉在了他面前。

前后都被断了去路，小林等于被困在了笼子里。

"哇哈哈哈哈哈哈……怎么样，吓了一跳吧？大名鼎鼎的小林，从今天起，你就是我的俘虏了。不要急，我马上会把你转移到其他房间里的，你先这么待着吧。"

铁栅栏对面，老虎如此说道。每次开口，老虎都会露出可怕的獠牙。

"你到底是何方神圣？"

小林怒斥道。

"我是人类呀，但我可以化装成任何人，当然猛兽也不在话下，不仅仅是老虎，狮子啦豹子啦，我都会变。

"对了，告诉你我的名字吧。我是一百一十四岁的尼古拉博士，我可是魔法师哦，我是超人。"

"把玉村银一拐来，制造出假银一的人也是你吧？你到底把银一关在哪里了？"

"银一就在这里哦，对了，不止银一，还有许多人呢，他们现在都成了我的俘虏。银一的姐姐也在这里，还有许多你不认识的人也在……"

"大家都被替身代替了是吧？"

"哇哈哈哈哈哈哈……你都知道了？吃不吃惊，我可是能造出任何人的替身哦。就连你的替身——和你长得一模一样的人，我也能造出来，因为我有魔法神力，哈哈哈哈哈哈……"

黄金虎用两腿站立，说着人类的语言，这种奇怪的感觉真是说不清道不明。听着听着，小林背脊发凉，害怕了起来。

黄金豹所说若是事实，小林将会被关在此地，而和小林长得一模一样的人将回到明智侦探事务所。事态会如何发展？真是越想越可怕啊。

—猛兽汽车—

珠宝王玉村银之助完全不知监视着自己家的小林少年已经被怪人给抓了去。

在老虎开车带走小林的第二天，上午十点左右，银之助跟往常一样坐着车去银座的店里。

这天路上全是车，在某个十字路口，三个车道全堵着，有货车、公共汽车、私家车。看情况起码得堵个十分钟吧。银之助已经习惯了堵车，所以他不以为然，闭着眼睛靠在靠枕上休息了起来。右侧的车窗开了一半，突然有人在敲那扇车窗。

银之助睁开了眼睛，看见右边的车道上也停着一辆车，车窗正好与自己平行。

这辆车的车窗用纸板挡住了，看不见里面。

可是刚才敲自己车窗的，一定是旁边那辆车啊，为什么敲完了要用纸板挡住窗户呢？

"真奇怪。"银之助越想越觉得不可思议，眼睛没离开过那辆车。

只见纸板一点点掉了下来，车里好像有什么东西在闪着金光——

由于纸板只掉下去一半，所以看不太真切，但车里的那个东西非常怪异。

纸板继续往下掉，终于能看到全貌了。

银之助吓了一大跳，差点就在车里站起来了。

旁边的车里，出现了一个老虎的脑袋，闪着寒光的双眼一直瞪着银之助。

银之助本以为是不是有人带着一个老虎玩具出门了呢，可是那张老虎的脸是人脸的好几倍大，会有这么大的玩具虎吗？

不，这不是玩具。

老虎的眼睛在动，嘴巴也张开了，里面露出猛兽的獠牙。

"嘿嘿嘿嘿嘿嘿嘿……"

老虎发出奇怪的笑声，就像老年人那种暗哑的声音，阴森森的。

一般常识认为只有人类才会笑，其他动物不会。

所以银之助根本想不到，老虎这样的猛兽也会笑。

银之助由于太过于吃惊，大脑完全停止运转，甚至忘记了害怕，就这么呆呆地坐着。

没想到，更奇怪的事情发生了，老虎竟然开口说话了。

"你小心点，不久会发生很恐怖的事情哦。"

没错，猛兽说出了人话。

银之助好像在做梦一般，突然想起这里可是拥堵的路上，周围全是汽车，只要大声呼救，大家一定会助自己一臂之力。就算是猛兽，在这么拥堵的路上也无处可逃吧。

银之助敲了敲前排司机的肩膀问："你看见了吗？"

"看见了。"

两人同时扭头看向隔壁的车窗，可车窗又被纸板给挡住了，看不见老虎的脑袋了。

"快通知大家，大声喊出来！"

银之助打开另一侧的车门，探出身子不停喊道：

"喂！不得了了！那辆车里有只老虎！"

汽车里有老虎？这事太不可思议，一开始谁也不相信，可银之助越喊越像真的，勇敢的司机们纷纷下了车走了过来。

只见人数越来越多，终于交警也拿着手枪跑了过来。

大家都围在可疑车辆的周围，只见纸板已经不见了，车里的情况一览无余。车里只坐了一位绅士，根本没有什么老虎。警察让绅士打开车门，检查了车内。

"有人说从窗外看见了老虎，你该不会跟老虎坐一辆车上吧？"

"哈哈哈……说什么瞎话呢，怎么可能有这种事。是谁说的？"

"是这个人。"

警察指了指站在一旁的玉村银之助。

"哈哈哈，你该不会是做白日梦了吧？是在车里睡着了吗？"

"不，我确实看见了金色的老虎……"

银之助回答道，可哪儿也不见老虎的影子，大家都莫名其妙的。

"难道真的是做梦？不管怎么说，老虎开车这事也太奇怪了……"

人群散开了，回到各自的车上去了。

警察担心道路拥堵情况，于是指挥车辆迅速离开。

银之助也赶紧坐上汽车，过了路口有的车转向有的车直行，不一会儿就见不到那辆可疑的汽车了。

一时钟怪物一

　　银之助抵达银座的店里，马上致电明智侦探事务所，拜托小林少年赶紧来自己店里一趟。

　　三十分钟后，小林少年走进玉村宝石店的社长办公室——

　　各位读者，这是怎么回事？小林少年昨晚不是已经被关入怪人宅邸的地下室了吗？小林少年难道已经逃出来了？不，这不可能，大家应该很清楚才对。

　　可是，银之助什么也不知道，他以为眼前的小林就是真正的小林。

　　银之助将刚才发生的事情仔仔细细地告诉了小林。

"那只老虎对我说：'你小心点，不久会发生很恐怖的事情哦。'"

"什么？老虎说的？"

小林吃了一惊——然而真正的小林，昨晚就已经亲眼见到金色的老虎开口说话了。

"是啊，我简直不敢相信老虎开口说话，可这是事实。"

"是不是人类假扮成老虎的呢？"

"嗯，我也是这么想的。是超人尼古拉博士，尼古拉博士据说能变成任何人和动物。他先变成老虎威胁我，然后被大家围住的时候又变身为绅士。"

"他可是预告会有恐怖的事情发生，不能掉以轻心啊。"

"是啊，所以我才找你来帮忙。我的店里有许多店员，但对手可是个妖怪一样的人物，所以我必须借助你侦探的头脑。"

"谢谢你的信任。我现在最担心你们涩谷的家，看来只能请警察来帮忙。我马上打电话给警视厅的中村组长，请他派人去你们家附近巡逻吧。"

银之助赞同小林的做法，于是小林马上给警视厅打了电话，中村组长十分配合，立即派了人手过来。中村组长是明智侦探的好友，所以他对小林也很熟悉。虽说小林是个孩子，但中村不会因此而质疑小林。

"我留在这里保护你——我总觉得今天你会碰到什么怪事。"

小林说完，开始在办公室里踱起步来。

没过多久，一名年轻的店员走进了办公室。

"摆钟已经用卡车运过来了，您要看一眼吗？"

"好，拿进来吧，在这里拆开。这可是非常难得的美术品啊。"

店员接令后离开，一会儿两名搬运工人便抬着两米高的长方形木箱走了进来。

这个木箱里面便是欧美人称之为"老爷钟"的比人还高大的摆钟。

玉村珠宝店虽然主要经营珠宝，但也收集一些古董钟，时不时地还会接到类似的订单。

一名有钱的老顾客说自己想要一台明治时期非常流行的"老爷钟"，于是银之助便托人寻找，最终找到这台精美的摆钟。

发现这台摆钟的买手紧跟着搬运工人走了进来。

"桥本先生，辛苦你了！这就是你上次跟我提过的摆钟吧？"

玉村与这位桥本，其实是最近才认识的。

"是的，这真是一件精美绝伦的美术品。"

"走时什么的没问题吧？"

"非常精准，报时也没问题。"

"太难得了，要不要我把大家喊来一起瞧瞧？"

"不，请社长先过目。我绝不是自夸，这件东西实在太稀有了。"

"让我先看？好吧……对了，小林在这里不碍事吧？你别看他年纪小，其实是我的保镖呢。"

"没关系，他竟然是您的保镖……"

买手一脸惊讶。

"他是大侦探明智小五郎的助手小林。"

"原来是那位有名的小林少年啊！对了，我经常在报纸上看到你的报道，你一定是一位可靠的保镖。"

就这样，小林将与银之助共同见证这台罕见的"老爷钟"。不知为何，小林来到银之助旁边，轻声说："把房间钥匙给我。"

银之助认为把房间钥匙给保镖是理所当然的事，所以没有丝毫怀疑就交出了钥匙。

"好了，开箱吧。"

买手对两名搬运工人使了个眼色，他们马上拿起开箱钳拔起了钉子。

正当银之助紧盯着工人开箱的时候，小林做了一个奇怪的举动。

小林面对着银之助，慢慢移动至门前，面无表情地锁上了门。

还有更奇怪的举动——小林从屁股口袋里掏出了一块揉成一团的手帕，紧紧捏在手里。小林到底想做什么？

"好了，请好好看着。"

买手很得意地说道。

两名搬运工人拔完钉子，移开木板，只见用白布罩着的一个东西躺在箱子里。

这时，办公室内充斥着安静且危险的空气。

买手突然双手握拳，恶狠狠地看着银之助。

小林则悄悄地绕到银之助背后，举起捏着手帕团的手。

两名搬运工人抓起白布两端准备揭开——他们似乎在等待一、二、三的口令。

买手并没有发出口令，但是他恐怖的眼神代表了一切。

突然，白布揭开了。

"啊！"

银之助发出了尖叫，可是身体动弹不得。

箱子里面装的不是摆钟，而是一个活生生的人。

而且这个人竟然——

他抬起了上半身，站了起来，突然跳到了箱子外面。

玉村银之助有两个?!

从箱子里出来的男人和银之助长得一模一样，连西装领带都一样。两个银之助面对面，相隔一米，互相瞪着对方。

真是不可思议的一幕啊。可不管怎么看，都分不出两人的差异。

世上竟有人长得如此相似? 这一定是超人尼古拉博士的魔法。可是这个魔法到底是怎么变的?

银之助突然想到：要是就这么站着，那么箱子里的男人随时都会取代自己，而自己则会被装进箱子，送往不知名的地方。

店里有许多店员，只要开口呼叫一定会有人来帮助自己。

银之助刚想张嘴求救——可惜为时已晚，他张大的嘴里被塞入了一块手帕团，发不出任何声音。是小林少年从背后将浸满麻醉药的手帕堵住了银之助的嘴巴。

失去意识的银之助被搬进箱子里，箱子重新合盖钉上钉子。

假银之助坐上老板椅，很有派头地开口命令小林。

"小林，打开门，帮我把店员叫进来。"

小林少年——当然也是假冒的，他从口袋里取出钥匙打开门："谁过来一下。"

一名年轻的店员一溜小跑过来了。

"太可恶了，你赶快把这个东西拿走！我才不会被这种假货给骗了呢！"

说完转向店员。

"帮我把他赶走，他竟然带了件假货给我！"

买手耷拉着脑袋，让搬运工人抬起箱子离开了店里。

卡车在门外候命，他们把箱子搬上卡车，开着车不知去了哪里。

— 最 后 一 人 —

就在玉村银之助被假人取代的第二天，银之助涩谷的家中，又发生了一件可怕的事情。

假光子和假银一从一楼房间的窗户往院子里看，天色已经有些昏暗，树丛里一片黑，只见一个金色的物体在树丛里动，他们注视着这个物体。

"你们在看什么？院子里有东西吗？"

回头一看，原来是父亲银之助在问话。银之助笑嘻嘻的，当然，他也是假冒的。

"我们看到树丛里有金光闪闪的东西。"

银一答道。

"什么？金光闪闪？"

"嗯，一定是那个家伙，金色的老虎。"

这时，只见一个人影走向庭院——是一个女人。

"是妈妈，她怎么会去院子里？"

光子有些纳闷。

"院子的门开着，一定是有谁来过了。妈妈应该是去见那个人。"

银一大声地说道。

母亲明子在夕阳中快步走向后门。她是和某人约好了吗？

明子左侧的树丛里一片漆黑，只见里面露出些许金色的光芒。

"啊！"

见此，光子、银一、银之助同时发出惊叹声。

那个物体渐渐露出全貌，果然是那只金色的老虎！

老虎慢慢从树丛中走出来，突然发出一声吼叫。

明子吓了一跳，扭头看去，突然全身发软，当场瘫倒在地。

在窗边看到一切的光子、银一、银之助若真是明子的家人，此时应该上前营救她吧，可三人都是假冒的，所以他们无动于衷。

银之助与光子、银一互看了一眼，阴险地笑了起来。这是毫无慈悲可言的笑容啊！

这时，庭院后门出现了一个男人，男人还带了一个人来。

他们把明子扛起来，搬出了门外。

金色老虎完成了自己的使命——吓晕明子——又躲进树丛中去了。

屋里的三人又互看了一眼，阴险地笑了起来。他们应该是知道的，明子将要面对怎样的处境。

后门外面停着一辆汽车，两个男人打开车门，把明子扔了进去。

突然车门打开了，明子走了出来——是她苏醒过来了吗？

不，明子依旧丧失意识，躺在后座上一动不动。

从车里下来的是一个和明子长得一模一样的女

人，看来尼古拉博士的魔法又变出了一个明子啊。

和明子长相一样，穿着一样的人从后门走了进来，她慢悠悠地关上门走向屋子。

太像了！仿佛被两个男人抬出去的明子又回来了。

明子来到窗前，看到屋里的三个人，微微一笑。

"明子，我有话对你说，你进来一下。"

银之助说道。

这样一来，玉村家全部都是冒牌货了。

然而他们四个就像真的家人一样聊天生活。

一全日本的宝石一

没过多久，银之助、明子、光子、银一四人来到了玉村银之助的书房。

书房的一面墙上嵌入了一个巨大的保险箱。假冒的银之助知道密码，他转动密码盘，打开了保险箱。

保险箱里有许多抽屉，抽屉里全是珠宝。

银座的店里陈列的，只是一般货色，真正值钱的珠宝，全锁在自家的保险箱里了。当然，店里也有部分单价在一百万日元以上的珠宝，这些珠宝他通常会在结束营业后带回家，锁进保险箱。

"这个抽屉里有数以百计的珠宝，价值超越十亿日元。我想把这些珠宝带去哪里，是我的自由，明白了吧？为了这些珠宝，我们干了一票大的——不，不止这些珠宝，我们可以利用珠宝王玉村银之助的信誉，将全日本的珠宝都占为己有，这才是尼古拉博士的计划。"

"怎么才能得到全日本的珠宝呢？"

夫人明子问道。

"有这么一招。首先，我作为主办者召集全日本的珠宝商、喜欢收集珠宝的有钱人，开一个珠宝博览会。这样，全日本的名贵珠宝都将聚到一起。就在博览会召开期间，制作出所有珠宝的替代品——连人类都能造得一模一样，造点珠宝对尼古拉博士而言易如反掌。然后来一出狸猫换太子，我是主办者，对调真假珠宝应该不难吧。"

"哦，这个想法可真棒。只要弄到了珠宝，我们就能消失了是吧？"

"是的，这样一来，我们这些假冒人群就能功成身退了。"

说完，银之助关上保险箱的门，喊来女佣命她准备晚饭。玉村家有个专门烧饭的大妈，每天为一大家子人烧可口的饭菜。

这天，他们四个冒牌货坐在餐桌前用餐，餐盘接二连三地被放上餐桌。

玉村家的书生、女佣、烧饭大妈都没有发现他们四个是冒牌货，所以一直唯命是从，好生地照料着他们。

"这下就放心了——对了，今晚的饭菜格外美味呀。"

明子夫人一边用叉子吃着肉，一边愉快地说道。

"是啊，我也觉得今天的葡萄酒特别可口，真希望珠宝博览会能尽早举办。"

"我们也想见识见识珠宝博览会，对不对，姐姐？"

"是啊，全日本的名贵珠宝都聚到一起，那该是多么难得啊。"

这时，女佣走了进来，告诉大家明智侦探的助手小林少年来了。

"正好，请他过来吧。"

小林少年一来就坐下了，很快他的面前也被放上了餐具，和大家一起吃了起来。

"玉村先生，银一的朋友松井老说些怪话。我也曾怀疑过光子小姐和银一，但后来发现这不过是松井的一面之词。世上怎么可能会有两个人长得一模一样嘛！"

"是啊，不可能会有这种事的，多亏了你，现在我终于放心了。"

说着说着，银之助把珠宝博览会的事告诉了小林。

"太好了，全日本的名贵珠宝摆在一起展览，这是前所未有的事。我也会去参观的，一定很美！"

当然，这名小林少年也是冒牌货。

五个冒牌货就这样围着餐桌，聊得跟真的似的。

一飞天超人一

话分两头。

某天夜里，少年侦探团的十名主要成员聚集在公园的树林里，其中包含小林团长与初中二年级的白井保少年。白井家是在银座开白井美术馆的，各位看官，你们一定记得他吧？仔细回想一下他的经历吧。

少年们把小林团长围在中间，头顶上的月亮又大又圆，照得大家的脸色发青。

"今天叫大家来，是为了让大家一起见证这片树林里的怪事。你们一定在电影里见过美国的飞天超人吧？和那个很相似，日本也出现了一位飞天超人。白井已经见识过了，而且和超人讲过话，超人自称是尼古拉博士。"

"尼古拉博士……"

"超人尼古拉……"

少年们开始嘀咕起来。尼古拉博士的名号早已在少年侦探团中响当当。

"尼古拉博士和白井说好了，今晚八点会飞过这片树林，他请白井的侦探朋友也一起来见证。我曾在其他场合见过尼古拉博士，当时博士是一位长胡子老爷爷，但他的真面貌不得而知。据说他可以随意化装成任何样子，对了，白井见到他时是什么样子？"

"脸通红，但是头发、眉毛、胡子都是白色的，好像古代画中的天狗那样。"

"对了，天狗也会飞天，所以尼古拉博士才会化身为天狗，展示飞天术给大家看。"

尼古拉博士到底在密谋什么，少年侦探团的团员并不知情。所以他们根本想不到报警，让警察来抓尼古拉博士。其实少年们对如何飞天更感兴趣。

"现在是七点五十分，我们进树林里等吧。今天月光很明亮，一定能看清尼古拉博士飞天的样子的。"

十名少年走入树林中，发现有一块空地。

"约好的地点就是这里。"

白井让大家在空地上等待。

十个人站在空地一角，小声地交谈着。

"还有五分钟。"

小林团长借助月光看了看手表。

还有四分钟……三分钟……两分钟……一分钟！

很快，八点到了。

"快看！有人飞过来了！"

一名少年指着天空喊了起来。

看，有人在天上笔直地飞过来了。他穿着黑色的斗篷，像蝙蝠一样。他的白胡子随风飘动，双手向前伸，就像在游泳一般，逐渐靠近过来。

"快看，脸通红！鼻子真高，和天狗一模

一样!"

已经看得很真切了。

飞天超人飞到一棵杉树边,找了一根树枝坐了下来。

"你是尼古拉博士吗?"

白井大声询问。

"是啊,你们是少年侦探团吧?"

"对,你下来吧。"

小林团长喊道。

"你是小林吧?"

"没错。"

"好,我下来。"

尼古拉博士就像猴子似的爬下树,来到少年们身边。

真的和天狗一样,脸通红,毛发凌乱且雪白。他穿着一身紧身的黑色衣服和裤子,肩膀上是黑色的披风。

少年们见了这副模样,吓得后退了几步。

"我很喜欢你们这样的少年，我不会做什么的，别怕。来，过来，我带你们开开眼界。"

虽然长得吓人，但话语温柔。少年们不禁向尼古拉博士靠拢过来。

博士接着说："跟我走吧。"

说完迈步向树林深处走去。

十名少年跟着博士。由于树木枝叶繁茂，月光照不下来，周围已经一片漆黑。

尼古拉博士就像在月球漫步似的向前走，虽然很暗，但博士的身影清晰可见。

"啊！"

有人吃惊地喊了起来——不是一个人，而是十名少年一齐喊了起来。这叫喊声带着恐惧。

少年们脚下的地面突然消失了，瞬间十个人掉了下去。

大家都屁股着地摔了下去，好在洞里垫着树叶，并不怎么疼。

这个洞十分深，单靠他们自己的力量，是怎么也爬不出来的。

"哇哈哈哈哈哈哈哈……感觉不好受吧？好一个少年侦探团，竟然想揭我的老底！我什么都知道，所以故意耍了你们一下。你们就给我在下面好好待着吧！"

尼古拉博士的笑声越来越远，他好像又爬上了刚才那棵杉树。

过了一会儿，杉树顶一只像蝙蝠一样的动物飞向了夜空，那应该是尼古拉博士。

十名少年掉入的正是尼古拉博士提前挖好的陷阱，陷阱上用树枝树叶盖住，以掩人耳目。

少年们一个踩在另一个肩上，先上去的用手拉下一个，他们齐心协力，好不容易爬出洞穴。

把少年们带来此地的是小林团长和白井保少年，各位看官都知道，他们是冒牌货。既然是冒牌货，那也就是博士的手下，必定会想方设法让少年侦探团吃吃苦头。

—一根铁丝—

　　真正的小林已经被尼古拉博士的手下关入了地下室里的牢笼之中。

　　在同一个地下室里，还关着玉村银一、白井美术馆的白井保。可由于小林关的地方有些远，他并不知道银一和白井也在地下室里。

　　两个男人把小林关进牢笼，锁上铁门，前脚刚离开，后脚白胡子老爷爷便走了过来。刚才还是一副老虎模样的尼古拉博士摇身一变成为了老人。

　　"小林，我终于抓到你了，少年侦探也会吃败仗啊。你暂时就待在这里吧，我不会伤害你的，放心待着吧。"

　　"你为什么要抓我？"

小林贴着铁栏杆问道。

"因为你会阻挠我的计划。我想干一票大的，你是绊脚石——不，不仅仅是你，还有你师傅明智小五郎。他现在在北海道是吧，等他回来了，我也要把他抓过来。"

"什么，你要抓明智先生？"

小林禁不住喊了出来。

"是啊，虽然我来日本的时间不长，但我十分了解明智小五郎。在日本但凡想做点坏事，就得先干掉他。不然的话，一定会被他干掉，哈哈哈哈哈哈哈……"

"就凭你？怎么可能抓得住明智先生？！"

小林气得脸色发红，怒吼道。

"哈哈哈哈哈哈哈……对你而言，明智侦探就是神仙，就是王牌？可你不要忘了，我尼古拉博士的能力可远在明智小五郎之上！我可是超人，超人对战王牌，哈哈哈哈哈哈……有意思，真有意思！我已经开始兴奋起来了。"

"哈哈哈哈哈哈哈哈……"

小林以不输给尼古拉博士的气势笑了起来。

"你根本不了解明智先生！明智先生绝对不会输给你这种人，你马上就会尝到苦头的！"

"呵呵，小林，你气势不错呀。让我们拭目以待，看看到底是谁吃苦头吧。对了，你虽然被关在这里，但外面的那个你可干了许多好事哦！"

"什么？外面的我？"

"而且他和你长得一模一样！他代替你，为我做了好多事呢。"

小林马上意识到完蛋了！小林才想起来，这件事的起因正是发现了两个一模一样的玉村银一，而且冒牌货代替了真银一。尼古拉博士的魔法能够变出和真人一模一样的"克隆人"，而且小林也被施了这个魔法。现在，和小林一模一样的少年，正在外面堂而皇之地生活着。

"哈哈哈哈哈哈哈……你脸色不太好啊，吓了一跳？尼古拉博士的魔法很厉害吧？另外一个小林，正按照我的指示在办事呢！

"你猜得到是什么事吗？你是少年侦探团的团长，只要你一声令下，所有团员都会聚集起来，而且对你唯命是从。

"我不知道冒牌货小林会下达什么指示，也不知道你的团员会遭遇什么处境。说不定冒牌货小林做出的事情，比我想象的更坏哦……

"你们的明智侦探也一定会信任那个冒牌货说的话，这样的话……嘿嘿，只要我善用冒牌货，你们的王牌就不再是王牌了。哈哈哈哈哈哈……"

尼古拉博士留下令人毛骨悚然的笑声，离开牢笼向远处走去。

小林全然丧失了方向。只要一想到有一个和自己长得一模一样的人在外面做坏事，他就坐立不安。而且，他根本不知道冒牌货做了些什么，这更令人揪心。

明智先生就快从北海道回来了。如果冒牌货去接明智先生，再撒一通谎，那就糟糕了。

小林越想越担心。

小林必须赶快逃离此地，揭露冒牌货的老底，阻止他干坏事。

怎样才能离开这里？小林一脸严肃地想了许久，终于茅塞顿开，笑了起来。

"对了，可以用'那个'！"

小林边说边从口袋中拿出扎起来的一块皮革，看清四下没人之后才打开皮革。

那是电工专用的小型版工具，有一个小刀、镊子、钳子，还有好多根粗细不等的十厘米长的铁丝。这是小林少年专属的工具，他一直随身携带。

小林仔细查看了铁笼子的锁孔，找出一根粗细正好的铁丝，插入锁孔折腾了几下，马上又取了出来，用钳子掰弯了再插进去，如此反复了好几次。终于铁丝前端变成了钥匙的形状，一把备用钥匙就这么做出来了。这原本是强盗的惯用技，但明智侦探知道这一招，便传授给了徒弟小林。

想要做出这根铁丝，需要许多技巧。小林通过不断练习，已经熟能生巧。

这天小林是八点左右见到那只金色的老虎的，现在应该已经半夜了。小林估摸着尼古拉博士和手下都已经睡了，仔细聆听，周围果然一片寂静，什么声音也没有。小林想，必须现在逃跑。

小林把钥匙插入锁孔，悄声打开铁门走了出去，再回头把门锁上。

就算事后被他们发现，但门依旧锁得好好的，他们一定会大吃一惊吧。这次轮到小林施展魔法了。

走廊里只亮着小夜灯，十分昏暗。到底要往哪里走才能逃出去？小林晕头转向的。

小林决定先往右，他摸着墙走了一段。如果这时小林选择的是往左，那么他就会发现左边还有好多一模一样的铁笼子，而且里面关着玉村银一等人。可惜小林选择了相反的方向，因此，他见识到了一件非常可怕的事。

—三重密室—

这里是地下密室，所以墙体都是灰色的混凝土。

小林尽量不发出脚步声，顺着墙向前方走去。昏暗的走廊里到处都是门，每次路过小林都会竖起耳朵听听里面的动静，可什么也听不到。

他路过了三个门，到了第四个门前，听到了细微的讲话声。

他贴着锁孔，看到里面亮着灯，有一个人背对着门坐着，还有一两个人坐在桌子对面。

"我们见证了您的魔法，所以成为了您的徒弟。对于您的魔法，我们十分佩服，您可以随意造出一模一样的人类，这是普通人绝对办不到的事。这是一种神力、魔力。那个三重密室里到底有怎样的机关呢?"

这是手下的声音。他说的"三重密室"到底是什么?

各位看官,你们应该知道这个地下室是双重密室吧?玉村银一被尼古拉博士拐来的时候,先来到一个储藏室,按下了水泥墙上的隐蔽按钮才来到双重密室里。然而这个"三重密室"到底在哪里?可能是在双重密室的某一个角落里吧。

看来这个"三重密室",尼古拉博士的手下也没去过,所以才好奇地问其中的秘密。

"还不能告诉你们。总有一天我会教你们,但现在还没到时候。那里藏着魔法的种子,从种子里会生出和真人一模一样的冒牌货,就这样源源不断地……"

"那么请问师傅,您让冒牌货替代真人,是为了什么呢?"

"你们不是知道的吗?首先举办珠宝博览会,

让假的玉村银之助当主办者。凭他的信誉，全日本的富商都会带着珠宝来参展。然后我会拿假货去掉包，将真的珠宝全部占为己有。"

这是尼古拉博士的声音。看官们，这个计谋咱们可早就知道了对吧？

"得到珠宝之后，下一个目标是美术品吗？"

另一个手下问道。

"没错，但可惜不能像珠宝一样聚集到一块儿。我打算先从美术馆下手，然后转战各地的博物馆、寺庙。

"把美术馆老板换成假的，再把博物馆馆长、职员也换成假的，还有寺庙的和尚。这样一来，藏品轻松到手，哈哈哈哈哈哈哈……"

尼古拉博士笑得阴森森的。

"仅此而已？凭师傅的能力，没有什么事是做不到的。"

"比如说呢？"

尼古拉博士仿佛在考验徒弟的智慧。

"比如占领某个国家，又或者毁灭某个国家。这些都轻而易举吧？"

"哟，你思路挺宽的。你说说，要怎么样才能占领一个国家？"

尼古拉博士明明心里很清楚，却想借别人的口说出来。

"首先需要把国家领导人都换成冒牌货，这样一来，想怎么处置这个国家都行。若想毁灭一个国家也一样，把国家搞得一团糟有什么难的。"

"原来如此，这个点子不错。凭我的魔法之力能办到任何事，我有能力改变世界。我可以让这个世界天翻地覆，也能像拿破仑一样征服世界。

"说得极端一点，我甚至可以用那些冒牌货搞到核武器的研发方式，当然也可以引爆它。

"在我的词典里，没有'不行'二字。我就是可以创造万物的造世主！

"为了得到全日本的珠宝以及美术品，我正在使用这个魔法。下一步，我或许会把整个日本给弄到手。不，是整个世界。换一种说法，我可以收服整个地球！"

尼古拉博士得意得忘乎所以，不停地夸耀自己的魔法。

小林偷听到了这些对话，感到十分震惊。

只要能够制造出和真人一模一样的冒牌货，想要夺取天下并不是什么大话。这种力量多么可怕呀！

而且，这里还藏着"魔法种子"。他们说的"三重密室"到底在哪里呢？

小林无论如何都想进入"三重密室"中探个究竟。

小林心想，只要胆大心细，紧紧盯着尼古拉博士，总有一天能够进入密室。他打算监视尼古拉博士。

想来想去，这事不能操之过急。如果被他们发现牢笼空了，自己跑了，他们一定会小心戒备的。所以小林再次用铁丝做的锁打开铁门，决定暂时回到牢笼之中。

地下室里不分昼夜，尼古拉博士的手下会送来一日三餐，所以大致能推算出时间。吃完第三顿饭，也就是晚上，看守也下班了，小林趁此机会逃出牢笼监视尼古拉博士。

小林打算先找到尼古拉博士的卧室。因为他觉得，通往"三重密室"的入口很可能就在博士的卧室之中。

找啊找，小林终于找到尼古拉博士的卧室了。同样是在地下室的一角，有一个小小的房间，里面摆着床、桌子、柜子。尼古拉博士平时一个人睡在那里。

在这个房间里，发生了一件怪事。

这是小林被抓的第三个晚上。由于知道了尼古拉博士房间的位置，小林便躲在走廊里监视这间屋子。小林亲眼见到尼古拉博士走了进去，于是赶紧上前，透过锁孔窥视里面，然而房间里似乎没人。

小林能看见半张床、一张桌子、一把椅子，却不见个人影。虽然光看锁孔看不到整个房间，但小林认定房间里没人。

小林一下狠心，悄悄转动门把手开门，房间里果然没人。小林检查了床底下、桌子底下、柜子背面，哪里也没人。

真奇怪，小林明明看见尼古拉博士走了进去呀。他该不会使了什么障眼法离开的吧？

小林刚想查看墙上地板上是不是有暗门，只听哪里传来"咚咚咚"的声响，感觉整个房间都有点颤抖。

像地震，但不是地震。

只见房门一点一点地往下移动——也就是说，房间在上升。

不久，下降的房门不见了，取而代之的是上面的一扇门，连同墙壁一起降了下来。

小林恍然大悟，原来尼古拉博士的房间就是一台升降电梯！不是房门下降了，而是房间上升了，现在房间已经和上一层的房门完美合体。

— 储 物 箱 —

其实这个房间有上下两层，上下空间完全一模一样。

尼古拉博士进入的是下层的房间，然后他开动电梯，降到了地下二层。而小林进入的是上层的房间，他进入的时候博士还原电梯，所以小林被升上了一楼。

难怪，小林进入房间的时候哪儿也不见博士的身影，因为当时博士在他正下方的地下二层。由于两个房间一模一样，所以小林没发现自己进入的其实是上层房间。

尼古拉博士开动电梯，来到了地下二层，那里究竟隐藏着什么秘密？

费了这么大劲做出这样的机关，使任何人都无法进入，可见地下二层一定有一个惊天大秘密。

小林鸡皮疙瘩都起来了，他觉得这里危险而可怕。

由于小林已经上升一层了，所以他现在位于一楼。

小林发现，这个房间最多下降到地下一层，是绝对到不了地下二层的，所以就算待在这里也无济于事。他决定从这里出去，在一楼找到地下室入口，按下按钮进入地下室，再潜入尼古拉博士的卧室。想要进入下层房间，唯有此办法。

可这么做风险太大，万一被尼古拉博士的手下发现就糟了。小林小心再小心，悄无声息地穿过一条又一条走廊，找到地下室的入口，然后按下按钮下到地下一层，来到博士的卧室门前。

小林终于从上层房间出来，绕了一大圈回到下层房间门口。

小林窥视锁孔，发现房内无人。莫非博士已

经办完事走人了？小林转了下门把手，发现门锁着，于是再次取出铁丝做了一把钥匙。五分钟后门开了，小林仔细检查了床底下、柜子后面，确保没人。

小林打算启动电梯，下到二层去一探究竟。可是该怎么操作电梯呢？房间里一定有按钮或开关，可找起来并不容易。

别小看了大名鼎鼎的少年侦探小林，咱们身经百战，大致能猜到按钮隐藏在哪里。小林锁上房门，仔细找了起来。可是一想到中途可能有人闯进来，就着急得不得了，最终花了八分钟才找到按钮。然而担心的情况并没有发生。床底下地毯的一角，有一块凸出来的地方，用脚一踩，果然是按钮。整个房间抖动起来，电梯启动了。

等电梯停下，小林用铁丝打开门，走入地下二层的走廊。

虽然亮着一盏夜灯，但周围十分昏暗，什么也看不清。

不知从哪里刮来一阵冰凉的风，就像幽灵在用手抚摸脸庞一般，小林打了一个冷战，停住了脚步。

这种感觉无法用言语表达，小林觉得自己仿佛闯入了死亡国度，不禁害怕起来。

这里究竟藏着怎样的秘密？小林的心脏都快跳出来了。

不久，眼睛习惯了黑暗，能够看清周围了。

混凝土墙壁、混凝土地板，到处都是灰色的。顺着走廊往前，小林来到了一排储物箱前面。

这里的储物箱比一般的大，足够装下一个人。这些储物箱就像竖着摆放的棺材一般，令人感到毛骨悚然。

储物箱摆成两排，合计三十来个，每扇门前都有一块名牌，上面用字母加数字编着号："T1" "T2" "S1" "S2" "A1" "A2"。

小林试着打开面前的 "T1"，但门锁着开不了。既然上着锁，代表里面一定装着什么贵重物品吧？

里面到底装着什么？这种地方的储物箱一定非同寻常，总不可能装着大衣吧？

小林感到背脊发凉，只要拿出铁丝就能开锁，可他有些害怕不敢开。

终于，小林下定决心拿出铁丝，打开了面前的"T1"储物箱——

"哇！"

小林脸色苍白，尖叫着关上才打开的门。

里面装的是……是一个人！而且是小林认识的人！

一个和玉村银一长得一模一样的人正站在里面。银一为什么会在这里？一直站着不累吗？关上门的话还怎么呼吸呢？这到底是怎么一回事？

而且奇怪的是，银一见到小林一点反应也没有。照理来说他应该喊着小林的名字走出来才对啊，莫非他是站着晕过去了？

一大秘密一

　　小林拿出勇气，再次打开了储物箱。

　　里面的人就是玉村银一没错，他穿着经常穿的衣服，眼睛也不眨一下，就这么和小林面对面站着。

　　"玉村，喂，你是玉村银一吧？"

　　喊他也没反应，他根本不理小林。

　　小林抓起银一的胳膊摇晃他，却发现银一身体晃动的样子很奇怪。

　　这不是真人，是一个人偶——用塑料做的人偶。做得真好，和银一一模一样。

　　小林发现，人偶脚底下有一个抽屉，打开来一看，里面是许多照片。

这些照片拍的全是玉村银一，脸部照、全身照、背影、侧面……总之全方位都拍到了。

小林明白了，博士一定是照着照片造出了人偶。有了这些照片，想造一个和银一一模一样的人偶并不难。

然而为什么要造这样一个人偶呢？小林想不通。

小林突然产生了一个可怕的念头，该不会是尼古拉博士造出了冒牌货后，就把真的玉村银一给变成人偶了吧？对于拥有魔法的博士而言，这并不算是什么难事。

在这些储物箱里，一定还有很多别的人偶，小林鼓起勇气，再次使用铁丝打开了隔壁的"T2"储物箱。

"T2"里装的是一位美丽的女子，虽然不敢肯定，但应该是银一的姐姐光子小姐。小林曾经听银之助说过，光子也被掉了包。

接着小林打开了"T3"——竟然是银一的父亲

银之助！

没错，这就是玉村珠宝店的老板银之助先生。

"也就是说，之前在银座见到的那位银之助是假的？"

小林挠了挠脑袋，他怎么也不敢相信那位银之助是冒牌货。

没错，在那个时候，银之助还没被掉包。各位看官还记得吧？银之助被假的小林装入摆钟箱子里是在那之后。

小林见到这些储物箱的时候，其实银之助还没被调包，但是人偶已经做好了。

既然如此，小林心想干脆把储物箱全打开看一遍。

接着是"T4"，里面是一个三十五六岁的女性，虽然小林没见过真人，但他觉得应该是银一的母亲。

"呵呵，竟然连女主人都打算掉包。"

这样一来，玉村家全齐了。尼古拉博士是不是打算把他们全部换成冒牌货，然后占领他们家？小林打心底厌恶尼古拉博士，这个计划太残忍了。

接着，小林打开"S1"，里面的少年比银一高一些，小林并不认识，其实他就是白井美术馆的白井保。

"S2"里装的是白井保的哥哥，"S3""S4"里是白井保的父亲等人，白井一家就这么凑齐了。

尼古拉博士一定是打算先占领玉村家，再占领白井家吧。

接着小林打开了"A1"，在钥匙转动的时候小林并没有多想，可打开的瞬间，他整个人都蒙了。

怎么会这样？箱子里还有一个小林。脸长得一样，衣服也一样，小林就像在照镜子。

小林吓了一跳，和自己长得一模一样的家伙，正在瞪着自己。小林也有样学样，恶狠狠地瞪着人偶。然而人偶没有任何表情变化，就这样，小林和另一个小林，互相对视着。

小林被关在牢笼里的时候，尼古拉博士曾说

过："对了，你虽然被关在这里，但外面的那个你可干了许多好事哦！"

也就是说，这个人偶就是——不，人偶不会动，外面的那个冒牌货在替博士做坏事。那么人偶存在的意义究竟是什么？

小林想了又想，渐渐地明白了。

"我明白了！他们先收集我的照片——趁我不备偷拍。"

小林打开了人偶脚下的抽屉，果然有十几张小林的照片。脸部照、全身照、背影、侧面……所有角度都有。

"靠这些照片，他们造出了塑料人偶，这个人偶是原型，将魔法注入其中，真人就产生了。也就是说有三个我，一个真的我，一个假的我，还有一个人偶。"

小林边想边点头。

"那么隔壁的'A2'里是谁呢？"

小林用铁丝打开了"A2"的门。

"明智先生！"

小林惊叫一声，眼前的明智先生正对自己微笑着。

当然，这也是人偶，脚底下的抽屉里塞满明智先生的照片。

"那家伙竟然想造出假的明智先生！"

小林突然害怕了起来。虽然明智先生还在北海道，但说不定在路上就已经被调了包。

小林接着打开其他的储物箱，还发现了五个不认识的人偶。其他箱子都是空的，空箱子是为了装其他人偶用的吧。

小林看着储物箱，想接着探究下去。

到底是怎么把人偶变成真人的呢？这个秘密肯定就在这个"三重密室"里。

穿过储物箱，走到底，是一扇看上去很坚固的门。

小林贴着门听了听，什么声音也没有，里面十分安静。

小林透过锁孔往里看——里面是一片白昼的景象！然而这里是地下二层，理应不可能有日照才对，应该是电灯将房间照得通亮。

　　小林犹豫了一下，拿起铁丝打开房门，走进宽敞的房间。

　　然后，小林吓得停住了脚步。这是一间在电影里都没见过的满是器械的房间，千姿百态的器械充斥着房间。

　　房间的一头有一排手术台，旁边的玻璃柜里放着手术刀、剪刀等工具。另一头摆着一排牙医用的治疗台，再往前是科学实验台，实验台上摆着各种奇形怪状的瓶子，瓶子里的液体正冒着泡。

― 明智先生！ ―

　　小林吃惊地停住了脚步，不久从那堆器械里走出了一个人。

　　他剃了个光头，脸上布满皱纹，宽宽的额头下面，眼睛炯炯有神。眉毛很细，细得让人怀疑他到底有没有眉毛。又塌又平的鼻子下面长着一张红彤彤的大嘴，跟香肠似的。他里面穿着一件全棉的藏青色劳动服，外面套着一件白色的手术服。

　　他的个子很矮，像孩子，但是脑袋却是老爷爷。这个人真怪，是童话故事里的"一寸法师"吗？

　　这个人笑嘻嘻地走了过来，张开他红彤彤的大嘴说道：

"哎呀，来得正好，你就是我造出来的'A1'吧？"

他凝视着小林。

"真不错，和照片一模一样！没人能够看穿你，哈哈哈哈哈，你是我的杰作！"

小林一开始没听懂，想了半天才明白。他所谓的"A1"就是储物箱里和小林长得一模一样的人偶。

他们先收集小林的照片，接着根据照片造出人偶，再用人偶变出和小林一模一样的真人。一定是这样！

可是，这究竟是怎么做到的？这个奇怪的"一寸法师"莫非是个魔法师？

超人尼古拉博士可以变身成为任何人——所以眼前的"一寸法师"应该就是尼古拉博士变的吧？

"你就是尼古拉博士吧？"

小林问道。

"我不是尼古拉。"

"一寸法师"回答道。

"说，你到底是谁？"

"唔……是谁呢，我都忘了。"

真奇怪。这个"一寸法师"竟然忘记自己是谁了。

"你说你造出了我？你是怎么造出来的？是用魔法吗？"

小林十分好奇。

"一寸法师"张开大嘴，露出没有牙齿的牙肉，阴险地大笑起来。

"哈哈哈哈哈哈，魔法？你可以叫我魔法师。不过我可是一名医生哦，我的医术堪比魔法，我可以用医术改变人类。也就是说，我是世界上独一无二的魔法医生！"

小林不信，竟有这般可笑的事。这个"一寸法师"不是吹牛大王，就是个疯子。

"哈哈哈哈哈，你的脸色不太好嘛！难道你已经忘了我替你做过手术的事了？对了，你是大侦探明智小五郎的徒弟吧？正好，跟我来，给你看样好东西。"

"一寸法师"伸出短小的手抓住小林，拉着他穿过器械堆，来到手术台前。

其中一个手术台上，有人横躺着，他的头发凌乱不堪。

"麻醉药效应该已经过了，你怎么样？"

"一寸法师"向躺着的人问道。

只见那个人突然睁开双眼，疑惑地环顾四周。

"明智先生！"

小林大喊一声，跑向手术台。

躺在那里的，正是大侦探明智小五郎！不，是和明智小五郎长得一模一样的人！

明智先生应该还在北海道，他绝不会躺在这种地方。

魔法医生"一寸法师"以"A2"箱里的明智人偶为原型，造出了这个人。

躺着的明智小五郎即使听到小林喊自己，向自己跑过来，也没有任何反应。因为他是冒牌货，所以根本不认识小林。

"这就是'A2'……"小林说着微微一笑。

"没错，现在世上可有两个明智小五郎了。"

"一寸法师"答道。

"加上人偶的话就是三个。"

"呵呵，没错，没错。你还挺聪明的。"

说着"一寸法师"用短小的手摸了摸小林的脑袋。

"一寸法师"不仅长得奇怪，连说的话也很奇怪。他一定是个疯子，可疯子是怎么造出人类的呢？这事太怪了。

小林还想继续提问，可就在这时，他听到门口有脚步声。有人来了。

小林立刻躲进器械堆里，蹲下身子，只见白胡子的尼古拉博士走了进来。

要是被他发现就糟糕了！小林穿过一个又一个器械，躲进深处。

接下来会发生什么？

原来小林并没有被发现，他躲在器械堆里，听到了"一寸法师"和尼古拉博士的秘密。

而且在接下来的三天里，小林把尼古拉博士的房子查了个遍。小林在地下一楼的牢笼里找到了玉村一家和白井一家，并把自己的情报统统告诉了他们。

不仅如此，小林不愧为明智小五郎的徒弟，他还想出了一则妙计。

小林想出的究竟是什么妙计？

"一寸法师"是如何运用魔法造出人类的？

且看下回分解。

—三支枪—

话分两头，现在来说说真的明智小五郎。小林被尼古拉博士抓去的一个星期后，明智先生了结了北海道的案子，回到羽田机场。

明智来过电报了，所以小林坐着专车去迎接。而且小林还带着一个三十岁左右的男子一起前往。

"明智先生，欢迎回来。听说那边的案子了结了，恭喜你!"

听完，明智笑嘻嘻地问：

"谢谢，这个人是谁?"

明智看向那名男子。

"是我给你找的一个保镖，详细情况稍后向你说明。其实这里发生了一件不可思议的事，我们一直盼着你回来。"

"我听说了，这个案子很有意思啊。"

"是的，简直闻所未闻，等回到事务所我再向你慢慢汇报。"

三人一起上了汽车，小林在右，保镖在左，明智侦探坐中间。

司机也是明智不认识的人，明智觉得有些奇怪，但这辆车是侦探事务所专用的"明智一号"，而且小林就在身边，所以明智并没有起疑心。

车子在京浜国道上开了三十来分钟，突然拐进了一条无人的小路。

"开错路了吧?"

明智说着，打算起身，因为他感觉到了危险。然而令他觉得不可思议的是，这一切明明是小林安排的……

就在明智打算起身的瞬间，他的右手被小林紧紧抓住，左手被保镖紧紧抓住，使他动弹不得。

"你们想干吗? 小林，莫非就连你……"

明智边喊边望向小林，只见那张脸上露出阴险的笑容。

"嘿嘿，很像吧？但我可不是小林哦，我是和小林长得一模一样的人。告诉你一个秘密，其实我们都是超人尼古拉博士的手下。明智先生，千万不要轻举妄动，因为我们有这个。"

和小林长得一模一样的少年和保镖分别掏出一支手枪，从左右对准明智。司机也停下车，从前方用枪对准明智。

就这样，明智被蒙住了眼睛堵住了嘴，双手被反绑在身后，已经一动也不能动了。

车子又开了四五十分钟，他们来到了尼古拉博士的根据地。

明智被带到了地下室，接着是密室，最后被关进了铁牢笼里。

—替身的替身—

　　明智小五郎被关进了牢笼，过了没多久，白胡子的尼古拉博士慢悠悠地来到了地下室巡查，和小林很像的少年跟在尼古拉博士身后。

　　他们经过关着玉村珠宝店一家四口的牢笼，他们都可怜兮兮地蹲在角落里，一声不吭。

　　对面关的是白井美术馆一家，他们看上去也很老实。

　　再走个十来米，是关着小林的牢笼。尼古拉博士和假冒小林来到小林面前，只听到一声凄惨的求救声。

　　"尼古拉博士，求你放我出去。我才是假冒的小林，你身边的人是货真价实的小林。小林把我关在这里，自己逃跑了，现在他正装作是我！"

尼古拉博士并不吃惊，因为他已经听身边的小林讲过这件事了。

"怎么样，这就是小林的智慧，他想出了这条妙计，号称自己和我交换了。他想从牢笼里出来，把我关进去。然而这一切都是谎言，原因很简单，真正的小林没有钥匙，他不可能从牢笼里逃出来，钥匙在我这个冒牌货手里哦！"

尼古拉博士身边的小林拿出一串钥匙甩了甩，叮当作响。

这事可真怪。尼古拉博士不知道，但是各位看官心里很清楚吧。小林用铁丝打开了牢笼的铁门，可是博士身边的小林却说，没有钥匙就无法打开这扇门，这明明是在撒谎。

比起笼子里的小林，笼子外面的小林好像更可疑。也就是说，笼子里的是替身，而笼子外面的是真人？事情变得越来越复杂。

可是，如果笼子外面的小林是真人，那么他为什么要把明智侦探关进地下室？真正的小林，应该永远都是明智侦探的得力助手才对。

真奇怪，让我们再观察观察吧，事情总会明朗的。

尼古拉博士和小林巡视完之后离开了，过了一会儿，小林偷偷地潜入地下室，当他经过关着另一个小林的牢笼前时，听到里面传来怒骂声。

"喂，货真价实的小林，你成功骗取了博士的信任，但你没那么走运，用不了多久你就会露出马脚的！你做好心理准备，到那时你就惨了！我一定会重获天日的！"

笼子里的小林抓住铁栏杆，恶狠狠地骂道。外面的小林根本不搭理他。

小林穿过牢笼，来到尼古拉博士的寝室，这里的钥匙只有尼古拉博士才有，于是小林拿出铁丝打开了房门。

小林踩下电梯按钮，来到地下二层，从"A2"储物箱里拿出和明智侦探一模一样的人偶，来到明智侦探被关着的牢笼前。

从地下二层到明智侦探的牢笼不需要经过其他牢笼，所以不会被别人察觉他抱着人偶。

只见明智侦探坐在牢笼正中央，瞪着小林。

小林则把脸贴在牢笼前，轻声说道：

"先生，我才是真正的小林，我原来被关在笼子里，但我逃走了，还把我的冒牌货给关了进来。我现在假装是尼古拉博士的手下，假的小林，也就是说，我成为了替身的替身。

"刚才我对着先生举枪，很抱歉。如果我不那样做，就救不了先生了。

"尼古拉博士相信我就是冒牌货，所以把牢笼的钥匙都给了我，所以我能够轻易地打开这里的门。"

小林说着，拿出钥匙串打开了铁门，来到铺着草席的地方，把人偶放平，再把另一张草席盖在人偶身上。这样外人看来，只会觉得明智睡了，就算明智逃跑，也不会轻易被察觉。

"先生，走吧，要是被人发现就糟糕了，万一碰到人，就赶紧躲到走廊的昏暗处。我已经掌握这里的地形了，应该没问题的。"

小林锁上铁门，和明智侦探一起逃走了。他们小心翼翼地摸索着墙壁从秘密地下室来到地下室，接着回到一楼。

幸运的是，他们没有被任何人发现，顺利逃出了尼古拉博士的房子。接着他们跑出这条幽静的小路，来到大路上，喊了出租车，来到涩谷街头的一家小旅馆。

一到小旅馆坐定，小林便将经历的种种都告诉了明智侦探。

"现在是下午四点半，其实今天晚上将发生一件很可怕的事，现在还来得及。我们必须阻止这件事发生，那里有个魔法医生'一寸法师'，他今晚将造出一个和先生一模一样的人，那个冒牌货将取代先生。

"我被尼古拉博士当作小林的替身，所以我知道他所有的计划，当然也包括今晚的。"

　　接着，小林把这个可怕的计划原原本本地告诉
了明智先生。

─蓝色火焰─

就在小林救出明智侦探，并把尼古拉博士的计划都告诉了明智侦探的那天傍晚——

在世田谷区拥有豪宅的有钱人园田大造向明智侦探事务所打去了一通电话。

"明智先生，我有件很重要的事情要和你商量，能不能请你马上过来一趟？"

园田的声音有些颤抖。

"重要的事情是指什么？"

明智问道。

"不太方便在电话里说，务必请你来一趟，我们当面详说。是一件很可怕的事情，如果先生不过来帮忙，一定无法解决。先生的大名我是听朋友菅原说的，请一定要帮帮我！"

既然话都这么说了，明智不得不去帮忙，于是答复说，自己马上就过去。

过了一个小时左右，在园田家的接待室里，园田先生、明智侦探、小林少年围坐在一起。

"……那个人就是尼古拉博士？"

明智一脸严肃地反问道。

"没错，我每天早上五点都会在院子里散步。今天早上散步的时候，看见有个人站在我家的庭院里。那个人的胡子很长，七十岁左右，浑身散发着蓝色的光芒，在昏暗的树丛里就像幽灵一样。我很害怕，想跑，但身体好像被施了什么法术，动也动不了。

"那个人盯着我看，用嘶哑的嗓音说道：'我想要你珍藏的名为蓝色火焰的钻石，今晚我来取，你小心点吧。不过无论你怎么小心，也赢不了我的魔法。'

"说着那个人嘿嘿笑着，像猴子似的爬上树，穿梭在树叶之间，一会儿就不见了踪影。过了没多久，就发生了一件怪事。"

说到这里，园田停顿了一下，用恐惧的眼神望向窗外的空地。

"那个人从树顶飞了起来！他就像美国电影里的超人，两手向前，斗篷扬起，风一般地飞向空中。"

园田脸色煞白。

"我也听说过尼古拉博士会飞天。对于这件事，其实我有个看法……先不说吧，对了，你的钻石放在哪里了？"

明智问道。园田微微一笑：

"没人知道，除了我以外，谁也不知道。但尼古拉博士可是超人，他说不定知道我藏钻石的地点。

"这枚钻石名叫蓝色火焰，原本是嵌在印度大佛头上的，后来被某个英国人买下，又转手了几次，才到我手上。就像正在燃烧的蓝色火焰一般，璀璨夺目，所以才叫这个名字。它有二十五克拉，是日本最大、最高级的钻石。

"所以我把它藏在没人知道的地方，连我的家人也不知道。当然，外人根本见也没见过。

"其实就在两三天前，一位有名的珠宝商来找我，说日本要开个珠宝博览会，问我愿不愿意把蓝色火焰拿出来展示，可是我不愿意把它拿出来，所以一口拒绝了。"

"原来如此，既然这么珍贵，我一定会保护它的。对了，这颗钻石到底藏在哪里了呢？你要是不告诉我地点，我想保护也没办法保护呀。"

听了明智的话，园田点点头。

"你说得没错，那么我只告诉明智先生一人。来，我带你去，请随我来。"

说罢园田起身叫来女佣，让女佣把明智和小林的鞋子拿到庭院里。

在走廊里转过两个转角，眼前出现通往庭院的门，他们走入庭院中。

院子里有池塘有树林，十分宽阔。穿过树林，有一片空地，空地上有一座佛堂。

"这是我的持佛堂，里面安置着平安时代的黄金佛像。"

园田说着，打开了佛堂的门，领着明智和小林走了进去。

昏暗的佛堂内供着一座巨大的金佛，佛像四周都是石阶，以便全方位地欣赏佛像。

"这个地点不错吧？这尊佛像可是国宝，谁也不会料到有人故意损坏佛像，但是我偏偏在佛像的背部挖了一个十厘米见方的窟窿，用来放宝石箱。从外面看根本发现不了，你们过来看看。"

园田来到佛像的背部，明智和小林跟在他身后，可怎么观察都没发现佛像的背部有伤痕。

"只需按一下这个按钮……"

园田按下了佛像右腿上一个毫不起眼的按钮，随即佛像背部出现了一个十厘米见方的四方形窟窿。

"里面放的就是钻石，但是请稍等，不能就这样伸手去拿，我为了防小偷还留了一手。要是就这样伸手，洞穴四周会弹出刀片伤到手。

"所以我还另设了一个按钮。"

园田这次绕到佛像左侧，按下了大腿上的按钮。

"好了，现在可以拿出来了。"

说完伸手取出蓝色火焰，展示给明智侦探看。

哇，这枚钻石实在太美了！它像彩虹一般发出七色光芒，其中蓝色最显眼，简直就像正在燃烧的蓝色火焰一般。

"我见过不少宝石，但这枚是最美的，不愧是日本第一的钻石。"

明智侦探不禁夸奖起来。

"所以才被尼古拉博士给盯上了。没问题吧？对方可是魔法师。"

园田看上去十分担心。

"只要让我来保护，一定万无一失。我有个死敌就是魔法师，我可从没输给过他。对方要是会用魔法，我只要用比他更厉害的魔法就行了。"

对于明智肯定的答复，园田稍稍放心了一些，把宝石放回洞穴中，关上洞口。

"我从现在开始监视，但我不能一直待在这里，因为这就等于告诉敌人，钻石藏在此地。我和小林藏在佛堂周围的草丛里监视，只要尼古拉博士一来，我就马上抓住他。这里交给我们，你回房间去吧。"

园田回房间后，小林和明智小声嘀咕了几句，回房间打了个电话。原来小林是打电话叫来少年侦探团的团员，一个小时后，十名少年来到园田家的庭院里，藏在了各处草丛里。他们等待着尼古拉博士的到来，他们曾落入过尼古拉博士的圈套，所以这次下定决心要一雪前耻。

―两个明智小五郎―

不久，天黑了。

晚上十点，园田接到一个电话。

"你知道我是谁吧？没错，我就是尼古拉博士。明智小五郎在帮你守护着钻石对吧？你还真找对了人，他可是日本第一的大侦探。

"但你不要忘了，我可是魔法师哦，其实我早就已经夺走了钻石哦……怎么样，怕不怕？哈哈哈哈，你的声音在发抖哦，果然还是害怕了。

"你的钻石真的藏好了吗？你藏钻石的地方，已经空了！你要是觉得我在撒谎，去看看就知道了！哈哈哈哈哈……"

电话挂断了。

园田放下听筒，脸色煞白，呆若木鸡。他要是不去看一眼，是怎么也不会放心的。

　　园田拿起手电筒，穿过院子里的树林，来到佛堂前。

　　"明智先生！明智先生在吗？"

　　喊着喊着，明智和小林从佛堂一旁的树丛里走了出来。这天月亮很亮，就像白天一般。

　　"怎么了，发生什么事了？我们这里没有异样。"

　　对于明智悠闲的语气，园田生气地说道：

　　"尼古拉博士来过电话了，他说自己已经把钻石给偷走了！明智先生，请快点查一下，钻石还在不在那里！"

　　"怎么有这种事情！我们一直在佛堂入口处守株待兔，佛堂的门可是一次都没有开过，所以他不可能偷走钻石。"

　　"总之还是看一下吧，请随我来。"

　　园田说罢走入佛堂，明智和小林只好随他一起入内。

园田来到佛像背部，分别按下打开洞穴的按钮和阻止刀片弹出的按钮，把手伸入洞穴中。

"没了！明智先生，钻石不见了！"

园田怒吼道。

"真奇怪，尼古拉博士不可能知道这个地方，怎么会……"

"他早就准备好了，他可是魔法师，有什么办不到的！你应该帮我阻止这一切，而且你还向我承诺过钻石不可能会被偷走！"

园田十分生气，不停地责备明智。

就在这时，发生了一件怪事。有个人来到了敞开着门的佛堂门口。

银色月光照亮了他的半张脸。

园田、明智见到他，都惊叫着呆住了。

那个人拿着手电筒，慢慢地走进来。

佛堂内的三人不禁后退了几步，园田把手电筒照向那个人，那个人则照着明智的脸。

被手电筒的光照亮的二人面对着面，这两张脸简直一模一样，就像在照镜子！

没错，出现了两个明智小五郎，一定有一个是假的！但是光看外表无法分辨。

"哈哈哈……假明智，你还真像我。你就是尼古拉博士的手下吧，你不是来保护钻石的，你是来偷取钻石的！而且你已经得手了。"

刚来的明智边笑边说。

然而早就在佛堂内的明智一点也不输给他。

"你在瞎说什么！你才是假冒的，这么晚才来，就是冒牌货的证据！

"你要是怀疑我，搜我身就是了，这么大一颗钻石，要是我随身带着，马上就能找到。"

小林少年跑到佛堂入口处，吹响准备好的口哨，叫来少年侦探团的其他团员。

这个小林少年是真的还是假的？各位看官应该很清楚吧？

听到哨子声，藏在院子里的少年侦探团马上赶了过来。

少年们站在佛堂入口处，窥视里面。当他们看见两个明智侦探时，吓得说不出话来。

"少年侦探团的团员们，这个和我长得一模一样的明智小五郎是冒牌货，他偷了一颗大钻石，你们快去搜他身，他一定是藏在身上了！"

刚来的明智说完，早就在的明智也不服输：

"别听他的，他才是冒牌货，是尼古拉博士的手下！你们想搜身的话，可以随时来搜，因为我根本就没有偷钻石！"

小林马上翻起了他的口袋，少年们见状也纷纷上前搜查。连小林在内的十一名少年轻易地控制住了这个明智，把衬衣、裤子扒了个干净，也没找到钻石。

"没有钻石。"

"没有任何发现。"

"哪里都没找到钻石。"

全部搜完，少年们得出了这个结论。

"看吧，我怎么可能偷钻石，因为我是真正的明智小五郎啊！他才是假的！"

只剩内衣的明智得意地说道。

小林好像想起了什么似的，突然叫道：

"不！还有一个地方还没找！你们帮我抓住他的脸，让我看看他的左眼。"

小林是怎么了？这话没头没尾的。

少年们服从小林的命令，拼命抓住明智，把他按倒在地。

"用手电筒照一照。"

小林说着伸出食指，靠近明智的左眼。

这是怎么回事？小林竟然用手伸入了明智的左眼？

"大家看，这只眼睛是假的，所以他的左眼可以藏东西。请看，这就是园田的钻石。"

小林拿出钻石给大家看，在手电筒的光照下，钻石仿佛蓝色的火焰一般。

─怪兽的结局─

"难道说，你是真的小林？到底是怎么回事……"

假明智依旧被少年们按着。

"哈哈，从一开始我就是真的小林，冒牌货早就被我关进地下室里去了。我抓住明智先生也是权宜之计，为了让你们放松警惕。"

小林边笑边揭秘。

"可恶，原来我一开始就上当了！"

假明智看上去很懊悔，但不久他就露出阴险的笑容。

"嘿嘿，莫非你们认为自己已经赢了？哈哈，可没那么简单哦！我还留了一手。

"喂，按着我的小鬼，你摸摸看我的右口袋，里面有一台照相机一样的东西。你们猜这是什么？这是世界上最小的通讯机器，我早就打开了开关，你们所说的一切都已经传到尼古拉博士那里去了。

"你们猜会怎么样？即将发生很可怕的事哦，小心点吧！"

他并不是在故弄玄虚，小林确实从他口袋里找到了小型无线通讯器。小林关上开关，收进自己口袋。

"你们把他的手脚都捆住，让他无法动弹。你们都带着细麻绳吧，就用那个捆。"

听了小林的话，三名少年从腰间掏出细麻绳，把假明智捆了个结实。

这时，真正的明智侦探从持佛堂的入口走了进来。他刚才好像去别的地方转了一圈。

"厉害，真厉害，不愧是小林，这事干得太漂亮了。"

明智笑嘻嘻地夸奖小林。

"嘿嘿嘿……"

倒在地上的假明智又笑了起来。

"尼古拉博士就在这附近，他就快来了。这次他会以什么姿态登场？你们别吓破胆就行，嘿嘿嘿……"

就在这时，佛堂外传来一声野兽的吼叫声。明智与小林立刻出去看个究竟。

月光明朗，佛堂外亮如白昼。

宽广的庭院里有一片地方的树木特别茂密，那里透不进月光，十分昏暗。

只见树木间闪烁着金色的光芒，然后又是一声野兽的吼叫声。

"先生，应该是我刚才和你说过的黄金虎，我知道今晚一定会现身。"

小林说完，黄金虎就现了原形，向这边走来。

老虎个头很大，就像人类四脚着地一般，而且浑身闪着金光。

老虎对着明智，张开血盆大口，露出白色的獠牙，眼睛发出青光。

明智和小林见状，吓得一时间动弹不得。

黄金虎慢悠悠地走出树林，沐浴在月光之中，金光灿灿。

小林身后的十名少年侦探团团员都吓得逃跑了。

老虎没理会他们，一个跳跃来到了佛堂入口。速度真快，好像一道闪电。

老虎走入佛堂，用嘴和前腿打算为假明智松绑。

明智立刻和小林轻声耳语了几句。

小林点点头，从口袋里掏出手枪，是他以前用来瞄准明智侦探的那支手枪。

"住手！不然我就开枪了！"

小林似乎把老虎当成了听得懂语言的人类。

没想到，老虎竟然用两条后腿站立起来，而且好像害怕地后退了几步。

"这不是老虎，是人类扮演的老虎！快来人，把老虎的外套脱了!"

听小林一喊,逃走的少年侦探团团员纷纷跑了回来。

"一起上!"

小林第一个冲上前,十名少年紧随其后,从四面八方围住了老虎。不久,老虎哀嚎着倒在地上。

"果然是假的,拉链在这里。"

小林拉开拉链,看见有个人钻在里面,是个一身黑衣的男人。

"把他也给绑上!"

十名少年把黑衣男人也给绑了个结实。

黑衣男人一看见小林的手枪就投降,这是最大的失误。这个动作证明了自己是人类而不是老虎。

突然,树林里又传来野兽的吼叫声,还闪着和刚才一样的金光,忽隐忽现。

原来还有别的老虎。

树林间又出现了两只老虎!

这次好像是真的老虎,因为拿枪指着也不

后退。

"先生，我对着老虎的脚开枪了！"

小林边喊边开枪。他为了保全对方的性命，故意瞄准脚部。

命中了。虽然他们一般不用枪，但明智侦探是神射手，小林为了以防万一也经常练习射击，今天正好派上大用场。

被射中后腿的老虎倒了下来，用前腿按住伤口——真正的老虎不是应该用舌头舔舐伤口吗？

"又是人类假扮的！快，把他们也给绑上！"

小林一声令下，少年们赶紧把两只老虎给包围住。

没有受伤的那只由于见到同伴受伤，正犹豫是不是应该逃跑，少年们不给他犹豫的时间，已经上前围住了他，他只好应战。而受伤的那只强忍伤痛，站起来和少年们正面交锋。

这次的对手是两人，所以少年们分成两组，这是一场动真格的较量。

两只老虎跳来跳去，一会儿接近少年一会儿远离少年，在月光的映照下，金色的光芒闪烁不停。

然而咱们可是加上小林队长，足有十一人的少年侦探团！而且还有明智侦探和园田先生帮忙。无论对手多强，反正不是真正的老虎，绝对不会输。这场战斗历时二十多分钟，最终两只老虎被按倒在地。

少年们担心是不是还有别的老虎，在原地等了一会儿，但没有任何发现。

就在三只老虎落网之际——

"哇，超人！"一名少年大喊一声。

一尼古拉博士的秘密一

快看，夜空之中，超人正披着黑色斗篷向他们飞来。

这一定是尼古拉博士，除了他之外，没有人会飞天法术。

博士两手向前，斗篷飞扬，他飞到佛堂附近，开始在空中打转。他离地五十米左右，是打算从天上观察下方的战况吗？

敌人远在天上，抓不到，也不能开枪。离得这么远，万一打死就不好了。

尼古拉博士仿佛在嘲笑明智一伙人，他在佛堂上空转了好多圈，才飞往树林方向，渐渐消失不见了。

"他可能降落在树林中了。"

一名少年大声喊道。

尼古拉博士很可能马上就会现身，大家做好了应战的准备，小林甚至举起了手枪。

然而等了很久，也不见尼古拉博士现身，他是不是飞去其他地方了？还是说他在树林中降落后，在密谋什么？

大家等得不耐烦了。

"我们去树林里看看吧！"

小林终于按捺不住了，他决定去树林里一探究竟。明智侦探也打算一同前往。

少年侦探团的团员都随身带着小型手电筒，多亏了它，才能在漆黑的树林中前进。小林手握手枪，走在最前面。

树林里长着一棵棵两合抱粗的合欢树。

虽然少年们持有许多手电筒，但都是钢笔粗细的小型手电筒，所以并不亮。

突然他们发现一个可疑的身影，从一根树干跳到另一根树干，发出沙沙声，当少年们来到树林正中央时，只见从小林的脑袋上方突然掉下了一个东西。

"是谁？是尼古拉博士吗？"

小林大吼一声，突然发现右手中的手枪不见了！

"哈哈哈哈哈哈哈……没错，我就是尼古拉博士，小林，谢谢你的手枪。这一支手枪是我的，也就是说，我现在有两把枪。你们已经没有手枪了，乖乖听我的指令吧。向后退，给我让路！"

少年们纷纷向后退，让出一条道。穿着斗篷的白胡子尼古拉博士就这样慢悠悠地走出了树林。

少年们都没有带武器，让路也是迫不得已。然而明智小五郎是怎么了？咦，明智侦探去哪里了，该不会是跑路了吧？不，明智侦探怎么可能逃跑。其实他正在某个地方偷偷地做着一件事……

走出树林的尼古拉博士来到佛堂前，双手举枪对着园田先生。

"喂，把刚才小林还给你的钻石交出来！我就是尼古拉博士，你要是敢反抗，小心小命不保！"

博士的声音暗哑，听着很不舒服。园田被两支枪对着，没办法只好从口袋里取出蓝色火焰交给了博士。

"终于得手了，哈哈哈哈哈哈……回见吧！"

博士拿到后很开心，又回到了树林中。

少年们乖乖地待在原处，没有还手的余地。

博士回到刚才跳下来的合欢树边，把手枪放回口袋，像猴子似的爬上了树干。没多久，博士便不见了。

小林躲在另一棵树边，偷偷地看着博士爬树。就算不开手电筒，由于眼睛习惯了黑暗，所以基本能看清。

小林大致知道树上正发生着什么，所以他做好了准备。

现在来说说合欢树上发生的事。

博士把两支手枪放回口袋，抓着树枝一根根地往上爬。到了第三根树枝的时候，博士突然发现自己的口袋变轻了。他稳住身子，伸手摸口袋——两支枪都不见了！

怎么会这样！口袋里的东西不可能掉出来，莫非是树上的猴子给偷了？

"嘿嘿，尼古拉博士，吓了一跳吧？是我，明智小五郎。我抢了你的手枪，扔下树了。现在我们都没带武器，可以来一场公平较量了。"

原来咱们的大侦探早就埋伏在树上，等着尼古拉博士了。虽说尼古拉博士是超人，但他想要飞天必须得先爬上这棵树——因为有不可告人的秘密。而明智侦探早就已经洞悉了这个秘密。

明智接着说：

"你应该知道我为什么会在这里等着你——当然是为了破坏你飞天的道具！为什么你能像超人一般飞来飞去？我早就发现你的秘密了！

"几年前，一个法国人发明了可以装在背上的小型螺旋桨，和直升机原理相同。日本只有一个人买了它，就是你。你使用了它，令自己看上去像超人，因为在夜间或光线昏暗的时候看不见螺旋桨。

"你把螺旋桨藏在树顶，下到地面夺取钻石，成功夺取钻石之后，你又回到这棵树顶，打算装上螺旋桨逃跑。很可惜，我已经把螺旋桨给弄坏了，你飞不了了，也装不了超人了！"

就在这时，亮起两个光圈，原来是明智和尼古拉博士分别打开了手电筒，照向对方的脸。

―怪盗二十面相―

明智侦探和尼古拉博士在合欢树上对峙。

"你本打算从这棵树顶起飞，但是很可惜，我已经把螺旋桨给弄坏了，你飞不了了，也装不了超人了！"

明智侦探站在更高一点的树枝上，俯视尼古拉博士。

尼古拉博士口袋里的两支手枪已经被明智侦探给夺走了，他已经无计可施了。明智在他上方，如果要逃，他只能往下逃。

博士突然从树上往下爬，明智紧随其后，并大声喊道：

"喂，小林——少年侦探团！尼古拉博士往下逃了，我抢了他的手枪，所以他没有武器了，大家合力抓住他！"

小林赶紧从口袋里掏出口哨吹响，听到哨声的少年们从四面八方赶来。

"尼古拉博士已经没有手枪了，大家快抓住他！"

刚说完，只见尼古拉博士从合欢树上跳下来。

"抓住他！"

少年们一拥而上。

这是一场殊死搏斗，尼古拉博士力气很大，一点也不输给年轻人。围攻上去的少年被一个一个甩了出去。

然而少年们锲而不舍，被甩出去了就爬起来继续扑上去。加上小林，咱们可有十一人，不久博士就处于下风了。

没想到，博士还留了一手。

博士突然抓住少年中最弱的那一个，绕到背后，用手勒住他的脖子。

"你们听着，给我住手！不然我就不客气了！"

小林拿出手电筒照亮博士和人质。

人质显得很痛苦，这样下去的话不是办法。

小林摸了摸口袋，里面是两支手枪，刚才明智把手枪扔下去之后，小林迅速捡起。

"尼古拉博士，赶快放手！不然我可就开枪了！"

小林右手持枪，左手把着手电筒，瞄准尼古拉博士。

这时，黑暗之中传来明智侦探铿锵的声音。他已从树上下来，并在暗中观察着这一场搏斗。

"二十面相，你应该是不会杀人的吧？"

尼古拉博士吓了一跳，松开了勒住人质的手。由于过于震惊，尼古拉博士的眼睛瞪得很大，在黑暗之中寻找明智的身影。明智的手电筒照亮着尼古拉博士，但尼古拉博士一点也看不见明智。

"哈哈哈……你已经招了。看你这副吃惊的样子，你一定就是二十面相！全日本唯一买了螺旋桨的人，就是二十面相。我曾经见过这种螺旋桨，所以清楚记得，和树顶上的同款哦。

"我一开始就知道你一定就是二十面相，因为二十面相最喜欢珠宝、美术品。想方设法让小林他们吃苦受难，不正是二十面相的复仇手段吗？所以小林故意装作冒牌货，窃取了你的所有秘密。哈哈哈……二十面相，好久不见啊！"

"哈哈哈哈……"

尼古拉博士笑得比明智更大声。

"明智，你糊涂了吧？一碰见强悍的对手就以为是二十面相？我可是在德国出生的一百一十四岁的老人尼古拉博士，别再认错了！"

突然，有个人影跳了过来，是明智侦探！明智侦探靠近尼古拉博士，一把拉下他的白胡须和白发，尼古拉博士露出了黑色的头发和一张年轻的脸庞。

这样一来，他就无法再编故事了。

"哈哈哈……不愧是明智！你终究还是看破了尼古拉博士的魔法。然而我还没输，你知道的，我总会给自己留一条后路……"

说完，只见二十面相从口袋里拿出一个小型机器，放到嘴边。

"我是尼古拉，我是尼古拉，现在使用最后的手段，明白了吗？明白了就好。"

这是一个小型对讲机，接收信号的，一定是尼古拉博士的手下。

二十面相转向明智，阴森森地笑着说：

"你猜得到我最后的手段是什么吗？是炸弹，能够炸毁一切的炸弹！在我的地下室里，关着玉村一家和白井一家，你要是不放我走，我就引爆炸弹！虽然我不想杀人，但为了我的自由，我不得不这么做。明智，这一切都是你的错哦!"

"哈哈哈哈哈……"

小林突然大笑起来，看上去二十面相的话十分可笑似的。

"二十面相，你地下室里的炸弹是老式的、导火线很长的那种是吧？很可惜，我已经毁了那个炸弹，我把燃料浸在水里，还拆除了导火线。这样一来，就算点火也无济于事。哈哈哈哈……"

听了这话，二十面相愤怒地把对讲机摔在了地上。

"可恶！小林你竟然连炸弹也毁了！你给我记住，我一定会报仇的！"

就在这时，三束强有力的灯光投向了这边。

"明智侦探，我是中村！"

原来是警视厅的中村组长带着几名手下赶来了。

"中村组长，二十面相在这里，给我抓住他！"

警察马上冲向二十面相，给他上了手铐。

刚才在持佛堂里，小林从假明智的眼中取出钻石的时候，真正的明智侦探其实是去给中村组长打电话了。

"中村组长，我们带着二十面相去捣毁他的老巢吧。直到这家伙入狱，我都会待在他身边，不然他又要趁机逃跑了。"

二十面相被上了手铐，左右两边各站着一名警察，这样他绝对跑不了。

一行人上了警车。

二十面相应该是彻底放弃抵抗了，他露出苦笑，一声不吭。

除了警视厅的车，他们还叫了几辆出租车。中村组长、几名警察、明智侦探、被上了手铐的假明智、小林少年，还有今晚的大功臣少年侦探团的十名少年，分别上车一同前往怪盗的老巢。

—人类改造手术—

来到二十面相的老巢，中村组长和他的手下从四面八方包围住这个建筑物，把二十面相的手下全部抓住。

然后中村组长把二十面相关入地下室的牢笼里，派了几名警察看守。随后他们救出玉村一家和白井一家，还给冒牌货小林上了手铐。

"这样一来，这伙人就算全军覆没了。最后还剩下一个'一寸法师'，他藏在这个地下室的尽头，我们必须揭露他制造出一模一样人类的秘密。小林，你给我们带路。"

大家紧随小林，进入博士的房间，启动电梯下到地下二层。穿过储物箱，他们来到那间布满奇怪器械的房间。

一走进房间，只见"一寸法师"突然从器械堆后面跳出来。

小林走到他身边问道：

"医生，你还记得我吗？"

"当然记得，你可是我亲爱的儿子。"

"一寸法师"乐呵呵的。

"儿子？"

"不是真的儿子，我把我制造出来的千千万万的人都喊作儿子。

"怎么来了这么多人？发生了什么？是不是来庆祝的？我们开香槟吧，喂，给我拿香槟来！来十瓶二十瓶，不，不够，五十瓶……一百瓶……总之有多少拿多少过来！喂，来人呀……"

这里怎么会有人！更不可能有香槟！这个"一寸法师"一定是个疯子，小林上次就发现了，今天看来，他疯得更厉害了。

"医生，不如你跟我们说说，你是怎么造出一模一样的人类的？这位是警视厅的中村组长，这位是我的师傅明智小五郎，我们都是为了你而来的。"

"你就是明智小五郎？我早就想见你了。正好，我们开了香槟一起跳舞吧。"

没想到他说完就开始跳了起来，围着器械不停打转。

明智侦探向大家宣布：

"他应该是精神病患者，小林曾见过他，也觉得他有点奇怪。不过他其实早就把自己的秘密告诉了小林。

"我已经听小林说过一遍了，所以在此，我简单地把手术内容告诉大家。其实现在医院也有类似的手术，可以改变人的外貌。

"拿眼科来说，单眼皮变双眼皮算是很简单的手术，一些追求美的女性会选择这类手术。还有耳鼻喉科，抬高鼻梁的手术也很受少男少女欢迎。

"虽然医院目前只有眼睛和鼻子的手术，但只要愿意，其实可以改变身体的任何一个部位。这就是所谓的整容手术。比如想矫正驼背，改变脸型，一切皆有可能。这个'一寸法师'曾就读于医科大学，他一心想将人类改造手术发扬光大，他不停研究，终于成功了。然而普通人并不想改头换面——只有罪犯才需要。被警察通缉的罪犯一定很想换个身份吧。

"于是这个'一寸法师'开始和罪犯打交道，还成为了二十面相的手下。把拥有珠宝、美术品的人全部换成冒牌货，这恐怕是二十面相想出来的吧。

"首先，找到一个比较相像的人，向他展示人类改造手术并说服他。但凡有点坏心思，应该都愿意变身成为珠宝商或美术馆的老板或家人吧？接着收集真人的照片，并做出一模一样的人偶，确保和真人无二致后才开始人类改造手术。原本找的就是有些相像的人，所以动完手术，自然和真人一模一样。

"二十面相酷爱收集美术品，这次他为了夺取珠宝，进行了人类改造手术，不过幸好，并没有伤及无辜。要是为了别的目的使用人类改造手术，可能世界就一团糟了……

"幸好，二十面相没坏到那个程度。老天有眼，容不得干坏事的人，所以这个医生疯了。为以防万一，还是得把他关进监狱。"

明智说完向中村组长使了个眼色，中村组长马上向身边的两名警察交代了些什么。

两名警察慢慢靠近乐呵呵的"一寸法师"，给他上了手铐。"一寸法师"并没有很吃惊。

"你们要带我去哪里？我知道了，是去见国王吧？国王会给我颁发勋章，太好了，真的太好了……"

"一寸法师"又说起了胡话。

就这样，尼古拉博士一案落下了帷幕。

变身成为尼古拉博士的二十面相遭到拘捕，他的手下连同"一寸法师"全部被关进监狱。玉村一家和白井一家获救，被盗取的珠宝全数物归原主。

"这起案子的最大功臣是小林，还有少年侦探团的成员！"

中村组长大笑着宣布。

"不，多亏了平日里明智先生的教诲，没有先生就没有今天的我们。"

小林十分谦虚。

听了这话，少年侦探团的团员们一齐大呼：

"明智先生万岁！"

"小林团长万岁！"

"少年侦探团万岁！"